SUZANNE BROCKMANN
Sin nombre

Editado por Harlequin Ibérica.
Una división de HarperCollins Ibérica, S.A.
Núñez de Balboa, 56
28001 Madrid

© 2000 Suzanne Brockmann. Todos los derechos reservados.
SIN NOMBRE, N° 136 - 1.6.12
Título original: Identity: Unknown
Publicada originalmente por Silhouette® Books
Traducido por Victoria Horrillo Ledesma

Todos los derechos están reservados incluidos los de reproducción, total o parcial. Esta edición ha sido publicada con permiso de Harlequin Enterprises II BV.
Todos los personajes de este libro son ficticios. Cualquier parecido con alguna persona, viva o muerta, es pura coincidencia.
™ TOP NOVEL es marca registrada por Harlequin Enterprises Ltd.

® y ™ son marcas registradas por Harlequin Enterprises Limited y sus filiales, utilizadas con licencia. Las marcas que lleven ® están registradas en la Oficina Española de Patentes y Marcas y en otros países.

I.S.B.N.: 978-84-9010-965-6
Depósito legal: M-14475-2012

Para Lee Brockmann

CAPÍTULO 1

—¡Eh, hola, Misionero! ¿Qué tal? ¡Arriba! ¡Es hora de levantarse! Eso es: abre los ojos. Es por la mañana y aquí, en el albergue parroquial, por las mañanas pasamos de la horizontal a la vertical.

Dolor. Todo se había vuelto dolor y luces brillantes, y una voz increíblemente persistente. Intentó girarse, intentó hundirse en el duro colchón del catre, pero unas manos lo sacudieron, con suavidad al principio; luego con más fuerza.

—Tú, Mish. Ya sé que es pronto, chaval, pero tenemos que hacer las camas y recogerlas. Dentro de un momento vamos a servir un desayuno caliente y rico, y luego habrá una reunión de Alcohólicos Anónimos. ¿Por qué no pruebas? Siéntate a escuchar, aunque tengas el estómago un poco revuelto.

Alcohólicos Anónimos. ¿Tenía resaca? ¿Por eso se sentía como si le hubiera pasado por encima un tanque? Intentó identificar el regusto que notaba en la boca, pero no pudo. Era muy amargo. Abrió los ojos otra vez, y volvió a sentir que la cabeza se le partía en dos. Pero esa vez apretó los dientes y obligó a sus ojos a enfocar el rostro alegre y risueño, curtido por la intemperie, de un afroamericano.

—Sabía que podías hacerlo, Mish —la voz pertenecía a aquella cara—. ¿Qué tal te va, amigo? ¿Te acuerdas de mí? ¿Te acuerdas de tu colega Jarell? Eso es, fui yo quien te acostó aquí anoche. Vamos, levántate y al baño. Necesitas asearte a fondo, amigo mío.

—¿Dónde estoy? —su voz le sonó baja, ronca y extraña.

—En el albergue para indigentes, en la Primera Avenida. El dolor no remitía. Se sentó despacio, aturdido.

—¿La Primera Avenida?

—Ajá —Jarell hizo una mueca—. Parece que tienes una cogorza mayor de lo que creía. Estás en Wyatt City, amigo. En Nuevo México. ¿Te suena de algo?

Empezó a sacudir la cabeza, y el dolor se hizo aún más intenso. Se quedó muy quieto, sujetándose la cabeza con las manos.

—No —contestó en voz muy baja, y confió en que Jarell hiciera lo mismo—. ¿Cómo he llegado aquí?

—Un par de buenos samaritanos te trajeron anoche —Jarell no había captado la indirecta y seguía hablando a voz en grito—. Por lo visto te encontraron echando una siestecita con la nariz en un charco, a un par de manzanas de aquí, por el callejón. Te registré los bolsillos por si encontraba tu cartera, pero había desaparecido. Parece que ya te habían dado un repaso. Me extraña que no se llevaran esas botas de vaquero tan bonitas. Pero por la pinta que tienes, parece que sí se pararon a darte unas cuantas patadas mientras estabas en el suelo.

Se llevó la mano a un lado de la cabeza. Tenía el pelo muy sucio, apelmazado y duro, como si lo tuviera manchado de sangre y barro.

—Ven a lavarte, Misionero. Hay que ponerse en marcha. Hoy es un nuevo día y aquí en el albergue el futuro no tiene por qué ser igual al pasado. Hoy puedes empezar una nueva vida. Lo pasado, pasado está —Jarell se rio: tenía una risa alegre y sonora—. Llevas aquí más de seis horas, Misionero. ¿Sabes eso que dicen de que hay que tomarse la vida día a día? Pues aquí, en la Primera Avenida, nos la tomamos hora a hora.

Dejó que lo ayudara a levantarse. Le dio vueltas la cabeza y cerró los ojos un momento.

—¿Puedes tenerte en pie, Misionero? Eso es. Un pie delante del otro. El baño está justo delante. ¿Puedes llegar tú solo?

—Sí —no estaba seguro de poder, pero habría hecho cualquier cosa por alejarse de la voz retumbante y amistosa de Jarell. En ese momento, el único amigo que quería cerca era el bendito silencio de la inconsciencia.

—Sal cuando acabes de asearte —le gritó Jarell—. Te daré un poco de alimento para el estómago y para el alma.

Dejó atrás el eco de la risa de Jarell y empujó con mano temblorosa la puerta del aseo de caballeros. Todos los lavabos estaban ocupados, así que se apoyó contra los frescos azulejos de la pared y esperó su turno para lavarse.

La amplia habitación estaba llena de hombres, pero ninguno de ellos hablaba. Se movían parsimoniosamente, con cuidado, compungidos, procurando no mirarse a los ojos ni invadir el espacio personal de los demás aunque fuera con la mirada.

Se entrevió en el espejo. Era uno más de ellos: desaliñado y sucio, con el pelo revuelto y la ropa mugrienta y ajada. Tenía, además, en la camisa una mancha de sangre cuyo rojo brillante iba ensuciándose a medida que se secaba.

Cuando quedó libre un lavabo, se acercó a él, agarró una

pastilla de jabón blanco y comenzó a restregarse las manos y los antebrazos; luego se lavó la cara. Lo que de verdad le hacía falta era una ducha. O que lo regaran con una manguera. Todavía le dolía la cabeza. La movió despacio, inclinándose hacia el espejo para intentar ver la herida que tenía encima de la oreja derecha. Su cabello sucio y oscuro la tapaba casi por completo y...

Se quedó paralizado, mirando el rostro que tenía delante. Torció la cabeza hacia la derecha y luego hacia la izquierda. La cara del espejo se movía al mismo tiempo que la suya. Era la suya, no había duda.

Y sin embargo era la cara de un extraño.

Una cara delgada y de pómulos altos. Tenía el mentón recio y le hacía falta un buen afeitado, salvo en una zona desnuda, marcada por una cicatriz blanca y desigual. La boca de labios finos dibujaba una mueca amarga, y los ojos febriles, ni marrones ni verdes, lo miraban con fijeza. Finas arrugas rodeaban los bordes de aquellos ojos, como si la cara hubiera pasado gran cantidad de tiempo bajo un sol ardiente.

Se llenó las manos de agua y se frotó la cara. Cuando volvió a mirarse al espejo, aquel desconocido seguía observándolo. No había conseguido borrar aquella cara y dejar al descubierto... ¿Qué? ¿Un rostro más familiar?

Cerró los ojos, intentó recordar rasgos más reconocibles.

Pero tenía la mente en blanco.

Sintió una oleada de mareo y se agarró al lavabo, bajó la cabeza y cerró los ojos hasta que pasó lo peor.

¿Cómo había llegado allí? Wyatt City, Nuevo México. Era una ciudad pequeña, un pueblo en realidad, en la parte sur del estado. No era su hogar, ¿verdad? Debía de estar allí trabajando en... trabajando en...

No se acordaba.

Quizás todavía estuviera borracho. Había oído hablar de personas que bebían tanto que sufrían una especie de apagón mental. Quizá fuera eso. Quizá solo le hiciera falta dormir la mona para recordarlo todo.

Si no fuera porque no recordaba haber bebido.

El dolor de cabeza lo estaba matando. Lo único que quería era acurrucarse, hacerse un ovillo y dormir hasta que parara el martilleo que sentía en el cerebro.

Se inclinó hacia el lavabo e intentó lavarse el corte que tenía a un lado de la cabeza. El agua tibia le produjo un fuerte escozor, pero cerró los ojos e insistió hasta que estuvo seguro de que la herida estaba limpia. Tenía el pelo chorreando. Se lo secó con unas toallas de papel y apretó los dientes al notar el roce del papel áspero sobre la piel herida.

Era demasiado tarde para dar puntos. La herida ya había empezado a cicatrizar. Iba a quedarle una buena marca, pero quizás si se pusiera unas tiritas para suturas... Necesitaba su kit de primeros auxilios y... Se miró al espejo. Su kit de primeros auxilios. Él no era médico. ¿Cómo iba a serlo? Y sin embargo...

Al abrirse la puerta del aseo, se giró bruscamente y metió la mano bajo su chaqueta en busca de... ¿En busca de qué?

Mareado, se apoyó en el lavabo. Ni siquiera llevaba chaqueta, solo aquella patética camiseta. Y tendría que acordarse de no hacer movimientos bruscos, o acabaría cayéndose de bruces.

—Nos han traído una tanda de ropa limpia —anunció uno de los trabajadores del albergue en voz tan alta que muchos de los ocupantes del aseo se encogieron, doloridos—. Tenemos una caja de camisetas limpias y otra llena de pantalones vaqueros. Por favor, tomad solo lo que necesitéis y dejad para los siguientes.

Miró a través del espejo la sucia camiseta que llevaba puesta. Había sido blanca en algún momento, seguramente esa misma noche, aunque él no lo recordara. Se la quitó, esquivando cuidadosamente la herida de encima de su oreja derecha.

—La ropa sucia va en esta cesta de aquí —dijo el empleado del albergue—. Si lleva etiqueta, te la devolveremos. Si está rota, tírala y llévate dos —el empleado lo miró—. ¿Qué talla usas?

—La mediana —era en cierto modo un alivio conocer por fin la respuesta a una pregunta.

—¿Necesitas pantalones?

Bajó la mirada. Los pantalones negros que llevaba estaban muy rajados.

—Sí, me vendrían bien unos. Treinta y dos de cintura y treinta y cuatro de pierna, si hay —eso también lo sabía.

—Tú eres ese al que Jarell ha bautizado Misionero —comentó el empleado del albergue mientras rebuscaba en una caja—. Es un buen tipo, Jarell. Demasiado religioso para mi gusto, pero a ti eso no te molestará, ¿no? Siempre está poniendo motes a la gente. Mish... ¿Qué clase de nombre es ese?

El suyo. Era... ¿su nombre? Sí, lo era, y al mismo tiempo no lo era. Sacudió la cabeza, intentando aclararse. Intentando recordar su nombre.

Maldición, ni siquiera de eso se acordaba.

—Aquí hay un par con treinta y tres de cintura —le dijo el empleador del albergue—. Es lo mejor que puedo ofrecerte, Mish.

Mish... Aceptó los pantalones, cerró los ojos un momento para que la cabeza dejara de darle vueltas y procuró calmarse. ¿Qué importaba que no recordara su nombre? Ya lo recordaría. Con dormir a pierna suelta una noche entera, lo recordaría todo.

Se repitió aquello una y otra vez, como un mantra. Iba a ponerse bien. Todo se arreglaría. Lo único que necesitaba era cerrar los ojos. Se fue a un rincón del aseo, fuera del trasiego en torno a los lavabos y los retretes y empezó a quitarse una bota.

Volvió a ponérsela rápidamente. Llevaba una pistola del calibre 22 dentro de la bota. Era ligeramente más grande que la palma de su mano, negra y de aspecto mortífero. Pero no era lo único que había dentro de su bota. Si se apretaba el tobillo, podía notarlo.

Se llevó los vaqueros a uno de los retretes y cerró la puerta. A continuación se quitó la bota y echó un vistazo dentro. La pistola seguía allí, junto con un enorme fajo de dinero, todo en billetes grandes. En el fajo, sujeto con una goma, no había billetes de menos de cien dólares.

Lo hojeó rápidamente. Llevaba más de cinco mil dólares dentro de la bota.

Pero había algo más. Un trozo de papel. Tenía algo escrito, pero se le nublaba la vista y no conseguía enfocar las letras.

Se quitó la otra bota, pero en esa no había nada. Hurgó en los bolsillos de sus vaqueros, pero tampoco encontró nada.

Se quitó los vaqueros y se puso los limpios, apoyado en la pared. Todavía le daba vueltas la cabeza y en cualquier momento podía perder el equilibrio.

Volvió a ponerse la bota, colocando el arma de tal modo

que no lo molestara. ¿Cómo podía saber algo así? ¿Cómo podía saber qué talla de pantalón gastaba y no saber su propio nombre? Guardó la mayor parte del dinero y el trozo del papel dentro de la bota y se metió un par de cientos de dólares en un bolsillo de los pantalones.

Cuando abrió la puerta del retrete se encontró cara a cara con su reflejo. Incluso vestido con ropa limpia y aseado, con el cabello largo y oscuro mojado y echado hacia atrás, incluso pálido y macilento a causa del dolor que todavía recorría su cuerpo magullado, seguía teniendo un aspecto patibulario. La barba que asomaba en sus mejillas acentuaba el tono moreno de su piel oscurecida por el sol. Su camiseta negra, lavada más de una vez, había encogido ligeramente y se pegaba a su torso, realzando los músculos de su pecho y sus brazos. Parecía un luchador, fuerte y fibroso.

No recordaba cómo se ganaba la vida, pero teniendo en cuenta que llevaba una pistola escondida en la bota, seguramente podía tachar de su lista de posibles profesiones la de maestro de parvulario.

Enrolló sus pantalones rotos y se los metió bajo el brazo. Abrió la puerta del aseo de caballeros y, bordeando la sala en la que se servía el desayuno, se fue derecho a la puerta que llevaba a la calle.

Cuando salía, al pasar junto a la caja de donativos del albergue, echó dentro un billete de cien dólares.

—¡Señor Whitlow, espere!

Rebecca Keyes espoleó a Silver clavando las botas en los costados del enorme caballo. El animal se lanzó al galope en pos de la reluciente limusina blanca que avanzaba por el camino de tierra del rancho.

—¡Señor Whitlow! —Rebecca se metió dos dedos en la boca y silbó con todas sus fuerzas.

El vehículo aminoró la marcha por fin. Silver bufó cuando lo hizo detenerse junto al larguísimo coche. La ventanilla bajó con un leve gemido mecánico y tras ella apareció el rostro rubicundo de Justin Whitlow. No parecía muy contento.

—Lo siento, señor —dijo Becca casi sin aliento, todavía a lomos de Silver—. Hazel me ha dicho que se marchaba usted, que iba a estar fuera un mes y... Ojalá me lo hubiera dicho antes, señor. Hay varias cosas de las que tenemos que hablar y que no pueden esperar un mes.

—Si va a venirme otra vez con esa memez de los sueldos...

—No, señor.

—Menos mal.

—Porque no es ninguna memez. El Lazy Eight tiene un verdadero problema con los sueldos. No estamos pagando lo suficiente a los empleados, así que no se quedan por aquí. ¿Sabía usted que acabamos de perder a Rafe McKinnon, señor Whitlow?

Whitlow se puso un cigarrillo entre los labios y la miró entornando los ojos mientras lo encendía.

—Pues contrate a otro.

—Eso es lo que he estado haciendo cada vez que se iba un empleado —dijo ella con exasperación apenas disimulada—. Contratar a otro. Y a otro. Y a... —respiró hondo y se esforzó por parecer razonable—. Si hubiéramos pagado dos o tres dólares más por hora a alguien responsable y de fiar como Rafe...

—El año que viene habría pedido otro aumento.

—Y se lo habría merecido. Francamente, señor Whitlow,

no sé dónde voy a encontrar un mozo de cuadras como Rafe. Era un buen hombre. Inteligente, formal y...

—Y, evidentemente, estaba demasiado cualificado para el puesto. Le deseo buena suerte en sus futuras empresas. Por amor de Dios, no necesitamos contratar a ingenieros aeroespaciales. ¿Y para qué hace falta que sea tan formal un hombre que se dedica a sacar el estiércol con una pala?

—Limpiar las caballerizas es solo una pequeña parte de la labor del mozo de cuadras —contestó Becca con vehemencia. Respiró hondo y de nuevo se obligó a calmarse. Nunca había conseguido imponerse a su jefe en una discusión si los dos se ponían a gritar, y era poco probable que fuera a hacerlo ahora—. Señor Whitlow, no sé cómo espera que el Lazy Eight gane fama de ser un rancho ganadero de primera clase si se empeña en pagar al personal salarios de esclavitud.

—Salarios de esclavitud para un trabajo esclavo —comentó Whitlow.

—Eso es, justamente —respondió Becca, pero él se limitó a exhalar el humo del cigarrillo por la ventanilla.

—No olvide lo de esa ópera en Santa Fe, la semana que viene —ordenó él mientras comenzaba a subir la ventanilla—. Cuento con verla allí. Y, por amor de Dios, vístase como una mujer. No se ponga uno de esos trajes pantalón, como la última vez.

—Señor Whitlow...

Pero la ventanilla se había cerrado ya. La limusina arrancó y Silver se movió hacia la derecha. Becca lanzó una maldición.

Salarios de esclavitud para un trabajo esclavo, en efecto. Whitlow, sin embargo, estaba muy equivocado. Creía que estaba pagando a sus trabajadores sueldos bajos por realizar labores físicas de poca monta. Pero lo cierto era que, si esas labores no se hacían o se hacían mal, todo el rancho padecía las consecuencias. Y si el propietario se empeñaba en pagar poco, la calidad del trabajo que recibía a cambio también era poca. O se marchaban los empleados, como se había marchado Rafe McKinnon, y Tom Morgan la semana anterior, y Bob Sharp a principios de mes.

Últimamente, Becca tenía la impresión de pasarse la vida haciendo trabajo de oficina. Con demasiada frecuencia se encontraba sentada detrás de su mesa, haciendo entrevistas por teléfono para suplir los puestos que continuamente quedaban vacantes.

Había aceptado aquel trabajo en el Lazy Eight porque era una oportunidad de poner en práctica sus capacidades como administradora y pasar la mayor parte del día al aire libre.

Le encantaba cabalgar, le encantaba el sol ardiente de Nuevo México, le encantaba cómo corrían las nubes de tormenta sobre las llanuras, le encantaban los colores rojos, pardos y verdes de las montañas. Le encantaba el Lazy Eight.

Pero trabajar para Justin Whitlow era horrible. ¿Y, además, quién decía que una mujer no podía estar femenina con unos pantalones? ¿Qué esperaba Whitlow que se pusiera para codearse con sus amigos y socios? ¿Un vestido con mucho escote y lentejuelas? Como si pudiera permitírselo, con el mísero salario que le pagaba...

Sí, le encantaba aquello, pero si las cosas no cambiaban, solo era cuestión de tiempo que ella también se marchara.

Era una noche sin luna. Yacía quieto, boca abajo, esperando a que sus ojos se acostumbraran por completo a la oscuridad, y en concreto a la oscuridad de aquel lugar, más allá de la valla de máxima seguridad.

Respiraba al compás de los ruidos de la noche: los grillos, las ranas y el susurro del viento suave entre los árboles, por encima de su cabeza.

Vio la casa en lo alto de la colina y se fue acercando lentamente, de rodillas, agachado e invisible.

Levantó su rifle sin hacer ruido y lo inspeccionó de nuevo antes de fijar la vista en la mira telescópica. Ajustó ligeramente la visión nocturna para visualizar su objetivo.

Y el hombre del cigarrillo era su objetivo. No era un jardinero que hubiera salido a dar un paseo nocturno, ni un cocinero en busca de una variedad perfecta de champiñones silvestres. No. Lo reconoció por las fotos que había visto.

Apretó suavemente el gatillo y... ¡bang!

El sonido amortiguado del disparo perforó sus tímpanos, le hizo rechinar los dientes, atravesó su cerebro.

Se incorporó, los ojos abiertos de par en par, consciente enseguida de que había sido un sueño. El único ruido que se oía en la habitación en penumbra era su aliento entrecortado.

Pero la habitación no le resultaba familiar, y sintió una nueva oleada de pánico. ¿Dónde demonios estaba ahora?

Ignoraba qué era, pero aquel lugar no se parecía ni de lejos al albergue parroquial en el que se había despertado la mañana anterior.

Recorrió con la mirada los muebles impersonales, los cuadros horteras de la pared, y entonces se acordó. Estaba en una habitación de motel. Sí, se había registrado allí la mañana anterior, después de dejar el albergue. Seguía doliéndole la cabeza y solo deseaba tumbarse en una cama y dormir. Había pagado en metálico y firmado con el nombre M. Mish.

Las gruesas cortinas, corridas sobre las ventanas, dejaban pasar una delgada franja de luz diurna. Con las manos todavía temblorosas, apartó las mantas y notó que las sábanas estaban empapadas de sudor. Todavía le molestaba un poco la cabeza, pero ya no tenía la impresión de que el menor movimiento lo haría gritar de dolor.

Recordaba casi palabra por palabra su breve conversación con el recepcionista del motel. Recordaba el aroma del café en el vestíbulo. Recordaba el nombre que el recepcionista lucía en una placa, sobre el pecho: Ron. Recordaba lo mucho que había tardado Ron en encontrar la llave de la habitación 246. Recordaba haber subido las escaleras peldaño a peldaño, impulsado por la certeza de que tenía a su alcance una cama mullida y una oscuridad sedante y apaciguadora. Recordaba el sueño que acababa de tener y no quería pensar en lo que podía significar.

Se levantó y, notando que solo tenía ligeras molestias al moverse, se acercó al aire acondicionado y lo subió a tope. El motor se puso en marcha con un fuerte zumbido y una oleada de frescor enlatado cayó sobre él. Lentamente volvió a la cama y se sentó en su borde.

Se acordaba del albergue. Veía todavía la cara sonriente de Jarell, oía su voz alegre. «Hola, Misionero. ¡Eh, Mish!».

Cerró los ojos y relajó los hombros, esperando a que aflorara el recuerdo de cómo había llegado al albergue, de qué había sucedido esa noche. Pero no recordaba nada.

Solo había... un hueco. Un vacío. Como si no hubiera existido antes de que lo llevaran al albergue de la Primera Avenida.

Sintió que el sudor empezaba a cubrir de nuevo su

cuerpo a pesar del aire acondicionado. El sueño había disipado los efectos del alcohol o del fármaco que había tomado, o simplemente los del golpe que había recibido en la cabeza. Había dormido a pierna suelta más de veinticuatro horas. Así pues, ¿por qué demonios no se acordaba ni de su maldito nombre?

«Hola, Misionero. ¡Eh, Mish!»

Se levantó y, tambaleándose ligeramente, se acercó al espejo que cubría la pared, delante de un par de lavabos. Encendió la luz y...

Recordaba la cara que le devolvía la mirada. La recordaba, pero solamente del espejo del albergue. Antes de eso, no había... nada.

—Mish.

Pronunció en voz alta el nombre que le había dado Jarell. Aquella palabra hizo que un tenue estremecimiento lo atravesara de nuevo, como la mañana anterior. Le parecía reconocerlo, pero ¿qué clase de nombre era Mish? ¿Era posible que recordara, muy levemente, que Jarell lo había llamado así cuando lo llevaron al albergue?

Mish... Observó aquellos ojos entre marrones y verdes que no reconocía y que sin embargo eran los suyos. ¿Qué clase de nombre era Mish? De momento, era el único que tenía.

Se echó agua fría en la cara y luego metió la mano bajo el grifo, haciendo un cuenco con la palma, y bebió largamente.

¿Qué debía hacer ahora? ¿Ir a la policía? No, eso estaba descartado. No podía hacerlo. No podría explicarles por qué llevaba escondidos en la bota una pistola del calibre 22 y un grueso fajo de billetes. Sabía (ignoraba cómo lo sabía, pero lo sabía) que no podía decírselo a la policía, que no podía decírselo a nadie. No podía permitir que nadie supiera por qué estaba allí.

Tampoco habría podido contárselo a nadie, aunque hubiera querido. Ni siquiera él sabía qué estaba haciendo allí.

Así pues, ¿qué debía hacer?

¿Ingresar en un hospital? Torció la cabeza y apartó con cuidado el pelo para echar un vistazo a la herida de su cabeza. Ahora que veía con claridad, comprendió con heladora certeza que aquella herida era el resultado del roce de una bala. Le habían disparado. Habían estado a punto de matarlo.

No, tampoco podía ir al hospital: se verían obligados a informar de su estado a la policía.

Se secó la cara y las manos con la toalla blanca y regresó a la habitación. Sus botas estaban en el suelo, junto a la cama, donde las había dejado la noche anterior. Recogió la derecha y arrojó su contenido entre las sábanas revueltas. Encendió la luz y se sentó, asiendo la pistola.

Se ceñía perfectamente a su mano, con toda familiaridad. No recordaba su propio nombre, pero sabía que sería capaz de usar aquella arma con mortífera precisión si era necesario. Aquella arma y cualquier otra. Recordó su sueño y dejó la pistola sobre la cama.

Quitó la goma del fajo de billetes y se soltó el trozo de papel que acompañaba al dinero. Era papel de fax, de ese resbaladizo y brillante, difícil de leer. Lo recogió y lo inclinó hacia la luz.

Rancho Lazy Eight, leyó. Aquel nombre tampoco le decía nada. Había una dirección e indicaciones para llegar a una especie de finca en la parte norte del estado. Por lo que pudo deducir de las indicaciones, el rancho estaba a unas cuatro horas de allí, en los alrededores de Santa Fe. La nota estaba mecanografiada, salvo una anotación escrita a mano en la parte de abajo, en letra grande y redonda. *Espero conocerlo pronto. Firmado: Rebecca Keyes.*

Mish abrió el cajón de la mesilla de noche, buscando una listín telefónico. Pero dentro solo había una Biblia. Levantó el teléfono y marcó el número de recepción.

—Sí, ¿en el pueblo hay estación de tren o de autobuses? —preguntó cuando se puso el recepcionista.

—La de autobuses está en esta misma calle.

—¿Puede darme el teléfono?

Repitió en silencio el número que le dio el recepcionista, colgó y marcó.

Iba a ir Santa Fe.

CAPÍTULO 2

Becca estaba fuera, ayudando a Belinda y a Dwayne a dar la bienvenida a una furgoneta cargada de huéspedes, cuando lo vio por primera vez.

Habría sido muy fácil pasarlo por alto: la figura solitaria de un hombre caminando lentamente por la carretera. Y sin embargo, ya desde lejos, notó que era distinto. No tenía el paso despreocupado de los vaqueros que trabajaban en los ranchos cercanos. No acarreaba bolsas ni sacos, como los muchos indios que iban a Santa Fe a vender sus joyas y sus productos de artesanía. Solo llevaba una bolsita metida bajo el brazo.

Se desvió hacia la larga avenida que daba entrada al Lazy Eight, y a Becca no le sorprendió lo más mínimo. Mientras se acercaba, vio que no llevaba el atuendo de vaquero típico del suroeste. Vestía vaqueros azules, sí, pero llevaba una camiseta que parecía recién estrenada, en lugar de camisa de manga larga. Tenía los brazos muy morenos, como si pasara mucho tiempo a la intemperie.

Sus botas negras no eran propias de un vaquero, y se cubría la cabeza con una gorra de béisbol, no con un Stetson.

De lejos parecía alto e imponente. De cerca, solo imponente. Era muy extraño, en realidad. Medía algo menos de metro ochenta, y era delgado, casi enjuto. Y sin embargo poseía un poder, una especie de energía sigilosa, que parecía irradiar de él. Quizá radicara en sus hombros, o en el ángulo de su mentón. O quizá fuera la expresión de sus ojos oscuros lo que dio a Rebecca ganas de dar un paso atrás y mantenerse alejada de él.

Su mirada recorrió el camino, pasó por encima de la furgoneta, del equipaje y los huéspedes, por encima de la casa del rancho y del corral donde Silver aguardaba pacientemente otra oportunidad de estirar las piernas. Pasó por encima de Belinda y de Dwayne y por encima de ella. De un solo vistazo pareció escudriñarla, memorizarla, evaluarla y desdeñarla.

Becca intentó apartar la mirada, pero no pudo.

Era increíblemente guapo, de un modo áspero y agreste. Siempre y cuando a una le gustaran los hombres de aspecto turbio y peligroso, claro. Tenía la cara ligeramente curtida por el sol y unos pómulos altos que habrían sido la envidia del mismísimo Johnny Depp. Sus labios estaban bellamente formados, pero eran quizá un poco demasiado finos, un poco demasiado adustos. Su cabello oscuro era algo más largo de lo que a Becca le había parecido en un principio, y lo llevaba recogido. Iba perfectamente afeitado, pero tenía una cicatriz en la barbilla que realzaba su aureola de peligro. Y esos ojos...

Becca lo vio acercarse a Belinda. Habló en voz baja, tan baja que ella no entendió lo que decía, y se sacó un trozo de papel del bolsillo.

Belinda se volvió y la señaló. Él también se volvió y la miró con frialdad, calibrándola de nuevo. Echó a andar hacia ella.

Becca bajó los escalones de la oficina del rancho y salió

a su encuentro, echándose hacia atrás el ajado Stetson sobre los rizos cortos y castaños.

—¿Puedo ayudarlo en algo?

—Usted es Rebecca Keyes —su voz era suave y sin acento. No había formulado una pregunta, pero ella contestó de todos modos.

—Exacto.

Sus ojos no eran marrones oscuros, como había pensado al principio. Eran castaños, una mezcla casi sobrenatural de verde, marrón, amarillo y azul. Becca se daba cuenta de que lo estaba mirando fascinada, pero no podía evitarlo.

—¿Me mandó usted este fax?

Esta vez sí era una pregunta. Becca se obligó a apartar la mirada de su cara y echó un vistazo al papel que sostenía. Era, en efecto, una hoja de fax. Reconoció las indicaciones para llegar al rancho, vio la nota escrita apresuradamente de su puño y letra en la parte de abajo.

—Usted debe de ser Casey Parker.

Él repitió el nombre lentamente.

—Casey Parker.

No tenía el aspecto que Becca le había atribuido después de su entrevista telefónica. Se había imaginado a un hombre más corpulento, más mayor, más grueso. Pero daba igual. Necesitaba un empleado y había comprobado todas sus referencias.

—¿Tiene alguna documentación? —preguntó. Sonrió para suavizar sus palabras y explicó—: Es más para rellenar los impresos de Hacienda que para verificar que es usted quien dice ser.

Él sacudió la cabeza.

—Lo siento, no la llevo encima. Anteanoche me robaron la cartera. Me metí en una pelea y...

Como si quisiera demostrar la veracidad de su historia,

se quitó la gorra y Becca pudo ver sobre su sien derecha un largo arañazo que desaparecía entre el cabello oscuro y ondulado. También tenía un hematoma en el pómulo. Becca no se había fijado al principio: apenas se distinguía entre el tono tostado de su piel.

—Espero que no tenga por costumbre meterse en peleas.

Él sonrió. Fue una leve curvatura de los labios, y sin embargo logró suavizar por completo su áspero semblante.

—Yo también lo espero.

—Llega una semana antes de lo previsto —le dijo Becca, confiando en que su tono enérgico contrarrestara el efecto que su serena sonrisa y sus extrañas palabras estaban surtiendo en ella—. Pero es mejor así, porque ayer se marchó otro empleado.

Se quedó callado, mirándola con esos ojos que parecían verlo todo. Becca casi se convenció por un instante de que podía ver a través del tiempo, de que podía contemplar su desastrosa conversación de la víspera con Justin Whitlow y, antes de eso, la discreta dimisión de Rafe McKinnon. Por un momento casi se convenció de que podía ver su ira, su frustración y su derrota.

—¿Sigue queriendo el trabajo? —preguntó, temiendo de pronto que no le gustara lo que veía. A fin de cuentas, las cosas malas siempre llegaban de tres en tres.

Él se volvió, entornó los ojos ligeramente y contempló el azul cegador del cielo de verano. Paseó la mirada por el valle, y Becca comprendió que, a diferencia de la mayoría de la gente, aquel hombre veía de verdad la aspereza del paisaje de Nuevo México. Estaba segura de que, con sus intensos ojos castaños, veía la belleza terrible, casi dolorosa, de aquella tierra.

—¿Este sitio es suyo? —preguntó con voz calmada.

—Ojalá —respondió ella automáticamente, de todo corazón.

Él la miró, y de pronto se sintió expuesta, como si, con aquella única palabra, hubiera desvelado demasiado de sí misma.

Él, sin embargo, se limitó a asentir y a esbozar una tenue sonrisa.

—¿Quién es el dueño? —preguntó—. Me gusta saber para quién trabajo.

—El dueño se llama Justin Whitlow —contestó Becca—. Él es quien paga los salarios, pero la jefa soy yo. Trabajará usted para mí.

Él asintió de nuevo con la cabeza y desvió la mirada para contemplar de nuevo el paisaje, no sin que antes Becca viera un destello de sorna en sus ojos oscuros.

—Eso no será problema —afirmó tranquilamente.

—Para algunos hombres lo es.

—Yo no soy algunos hombres —volvió a mirarla, y Becca comprendió sin asomo de duda que lo que decía era cierto. Aquel hombre delgado y taciturno, con sus ojos castaños y vigilantes, no era un hombre corriente.

Becca ignoraba, sin embargo, qué clase de hombre era.

—Hola, nena, cuánto tiempo sin verte —el teniente Lucky O'Donlon, del Equipo Diez, perteneciente a la Brigada Alfa de los SEALs, estrechó a Veronica Catalanotto en sus brazos y le dio un beso al entrar en la cocina de la casa de su capitán.

—Hola, Luke. ¿Te ha abierto Frankie?

Ronnie sonrió calurosamente. Parecía alegrarse de verlo.

Y puesto que era una de las diez mujeres más guapas, amables e inteligentes que Luke había conocido nunca, aquella sonrisa de bienvenida iba a servirle de inspiración para un montón de fantasías... si no fuera porque un momento después Ronnie sonrió exactamente del mismo modo a Bobby y a Wes, que habían entrado detrás de él.

—¿Qué tal el viaje, chicos? —preguntó con su refinado acento británico.

La esposa del capitán Joe Catalanotto siempre llamaba «viajes» a las operaciones secretas y extremadamente peligrosas que realizaba la Brigada Alfa. Como si hubieran estado por ahí viendo monumentos o visitando museos.

Wes hizo girar los ojos.

—Bueno, Ron, la verdad es que estuvieron a punto de...

Bobby le dio un fuerte codazo en el costado.

—Bien —se apresuró a decir Wes—. Muy bien, Ronnie. Como siempre. Pero gracias por preguntar.

Veronica no se dejaba engañar. Su sonrisa se había desvanecido, y de pronto sus ojos parecían enormes.

—¿Estáis todos bien? —preguntó—. Ya he preguntado a Joe, claro, pero no estoy segura de que fuera a decírmelo, si alguien resultara herido.

Desde hacía un año y medio, cuando el capitán había estado a punto de morir en un ataque terrorista, en el transcurso de lo que debería haber sido una misión de entrenamiento de rutina, Verónica parecía aún más frágil que antes cuando la brigada salía de misión. Nunca le había sido fácil asumir que su marido se marchara cada cierto tiempo, a veces sin previo aviso, en misiones extremadamente peligrosas. Y ahora, después de ver a Joe en una cama de hospital, luchando por su vida, se le hacía aún más difícil.

—Estamos todos bien —contestó Lucky tranquilamente, tomándola de la mano—. En serio.

Cowboy Jones se había hecho daño en el tobillo al saltar en paracaídas, pero aparte de eso habían vuelto todos a California de una pieza.

Veronica sonrió, pero su sonrisa era demasiado radiante y demasiado forzada.

—Bueno —dijo—, Joe os está esperando. Está abajo, en la playa.

—Gracias —Lucky apretó su mano antes de soltarla.

—¿Pongo cubiertos de más para cenar? —preguntó Veronica.

Lucky cruzó una mirada con Bobby. El capitán los había llamado por los buscas, con un código de urgencia. Fuera lo que fuese, era importante. Aunque solo hacía un día y medio que habían vuelto, era muy probable que tuvieran que partir de nuevo en las horas siguientes. Y sabiendo cuánto le gustaba a Joe Catalanotto estar en primera línea, era más probable que el capitán fuera a acompañarles. Pero, al parecer, aún no le había dicho nada a su esposa.

—Creo que no, Ronnie —le dijo Bobby con suavidad—. Seguramente no vamos a poder quedarnos. Pero huele de maravilla. Tus clases de cocina están dando resultado, ¿eh?

—He estado trabajando todo el día —contestó ella de mala gana—. El estofado lo ha hecho Joe.

Maldición. La mujer del capitán podía ser preciosa, lista y sexy a más no poder, pero en la cocina era un peligro.

—¿Seguro que no podéis quedaros? —añadió—. Hay de sobra y está bastante rico. Joe, Frankie y yo no podemos comérnoslo todo.

—Ha surgido una cosa. Creo que el capitán piensa sacarnos otra vez de excursión —le dijo Wes antes de que a Bobby o a Lucky les diera tiempo a hacerlo callar—. Así que no, seguro que no podemos quedarnos.

—Vaya —dijo Veronica, crispada—. Otro mes fuera, ¿no? Gracias por avisarme, aunque preferiría que me lo hubiera dicho Joe.

Lucky hizo una mueca.

—Ron, de verdad, no sé qué ha pasado. Si Joe no te ha dicho nada, puede que no vayamos a ir a ninguna parte.

Veronica hizo un esfuerzo visible por dominarse. Suspiró y miró sus semblantes angustiados.

—No me miréis así —les dijo en tono de reproche—. Soy más fuerte de lo que creéis. Sabía dónde me metía cuando me casé con él. No tiene que gustarme que Joe se marche. ¿No es eso lo que decís siempre los SEALs? No tiene que gustarme, solo tengo que aceptarlo. Pero cuidad de él por mí, ¿de acuerdo? —intentaba hacerse la dura, pero le temblaba el mentón muy ligeramente—. Vamos, id a buscarlo —dijo—. Os está esperando. Y podéis decirle que ya no tiene que preocuparse por darme la mala noticia.

Lucky siguió a Bobby y Wes, pero dudó al salir a la terraza. Al mirar por la ventana, vio a Veronica poniendo solo dos cubiertos en la mesa de la cocina: uno para ella y otro para Frankie, su hijo. Todavía intentaba no llorar, pero Lucky sabía que, cuando Joe volviera a casa, habría logrado dominarse por completo y seguramente hasta sonreiría.

Que Veronica aceptase de aquel modo la profesión de su marido era una cosa poco frecuente. Los SEALs tenían una tasa de divorcio que se salía de las tablas, en parte porque muchas mujeres no podían soportar que sus maridos se marcharan una vez y otra, y otra, y ellas tuvieran que quedarse esperando, llenas de preocupación.

—No pienso casarme nunca —le dijo en voz baja Lucky a Wes mientras bajaban los escalones que llevaban a la playa.

—Lo mismo digo, Luck —comentó Wes—. A no ser que Ronnie decida dejar al capitán. ¿O ya llego tarde? ¿Ya has empezado a marcar tu territorio a su alrededor en un enorme círculo? No te ofendas, teniente, pero ese beso me ha parecido un pelín demasiado amistoso.

Aquello escoció a Lucky.

—Solo estaba saludándola. Yo nunca...

—¿Tú nunca qué, O'Donlon? —Joe Cat apareció de pronto, con su metro noventa de altura, entre la niebla que soplaba del Pacífico. Estaban solos y, un segundo después, el capitán pegado a sus cogotes. ¿Cómo era posible que un hombre con la constitución de un jugador de fútbol americano fuera capaz de algo así?

—Yo nunca intentaría ligar con tu mujer —le dijo Lucky sin rodeos.

No tenía sentido intentar ocultarle la verdad a Joe Cat. De algún modo la averiguaría, si no la sabía ya. Por eso era el capitán.

—Nunca jamás intentaría ligar con Ronnie —Lucky le lanzó a Wes una mirada incrédula—. No puedo creer que me creas capaz de algo tan bajo, Skelly. Has herido profundamente mis sentimientos...

—¿Qué ocurre, capitán? —lo interrumpió Bobby.

Joe Cat señaló hacia el mar.

—Tenemos que caminar —les dijo—. Deberíamos habernos reunido en una sala segura, pero si lo hiciéramos llamaríamos la atención, y eso es precisamente lo que quiero evitar.

Fuera lo que fuese, era más importante de lo que Lucky

había imaginado. Dejó de mirar a Wes con enfado y se concentró en el capitán.

Pero Joe guardó silencio hasta que estuvieron junto a la orilla. La playa estaba desierta y cubierta de niebla, el sol poniente oculto detrás de las nubes.

—He estado colaborando con el almirante Robinson —les dijo por fin en voz baja—. Actuando como enlace para uno de sus melenas, que está trabajando en una operación secreta para el Grupo Gris del almirante.

«Melenas» se llamaba a los SEALs que podían tener que mezclarse en cualquier momento con grupos de terroristas o mercenarios. Participaban de incógnito en misiones de alto secreto, en contextos en los que un corte de pelo militar llamaría mucho la atención. Y en los que llamar la atención equivalía a la muerte.

Por eso, los SEALs que se dedicaban a operaciones encubiertas se hacían tatuajes, se perforaban las orejas o dejaban de afeitarse durante semanas enteras. Vestían con un estilo que a principios de los noventa se habría denominado grunge y se dejaban el pelo muy, muy largo.

Aunque, naturalmente, en lo referente a melenas era el capitán quien se llevaba la palma: llevaba el pelo recogido en una gruesa trenza que le caía por la espalda. Cuando se lo soltaba, parecía un pirata o una estrella del rock, no un capitán de la Armada condecorado en numerosas ocasiones y extremadamente respetado.

—El almirante está fuera, cumpliendo labores diplomáticas en un lugar en el que es imposible conseguir una línea telefónica segura —les informó Joe Cat—. Ni siquiera puedo informarle de que, hace veinticuatro horas, su SEAL no presentó su informe semanal. Y, francamente, estoy preocupado. Por lo visto ese tipo es como un reloj suizo cuando tiene que informar. Así que tengo que ir a Nuevo México a intentar encontrarlo y necesito un equipo que me cubra las espaldas.

¿A Nuevo México? Pero ¿qué diablos...?

El capitán miró a Bob, a Wes y a Lucky.

—Estoy buscando voluntarios. Será también una operación encubierta, completamente oficiosa, sin papeleo, ni reconocimiento de la situación por parte de la plana mayor. Si decidís acompañarme, se os pagará, pero no como de costumbre. De hecho, tendréis que pedir unos días de permiso para que no se rastree vuestro paradero.

Aquello sonaba divertido.

—Cuenta conmigo, Skipper —dijo Lucky, y Bobby y Wes lo secundaron de inmediato.

El capitán hizo un gesto de asentimiento con la cabeza.

—Gracias —dijo con calma.

—¿Quién es ese SEAL perdido al que vamos a buscar? —preguntó Wes—. ¿Lo conocemos?

—Sí —contestó Joe—. Trabajasteis con él hace seis meses. El teniente Mitchell Shaw.

—Vaya por Dios —comentó Bobby con su voz profunda, y Lucky pensó lo mismo—. Nos va a costar encontrarlo si no quiere que lo encontremos, Cat. Es un camaleón. Se le dan bien los disfraces. El almirante me ha dicho que una vez estuvo a punto de arrancarle el pelo a una ancianita, creyendo que era Mitch disfrazado.

—¿Qué hace un agente del Grupo Gris en Nuevo México? —preguntó Lucky.

—Lo que voy a deciros es información de alto secreto —les dijo Joe, muy serio—. No puede salir de aquí, ¿entendido?

—Sí, señor.

Joe suspiró, se volvió hacia el mar y estuvo contemplándolo un momento con los ojos entornados.

—¿Os acordáis de ese robo en Arches?

El año anterior, habían sido robados seis recipientes de Triple X, un gas letal, del laboratorio militar de Arches en Colorado, y Lucky, Bobby, Wes y Mitch Shaw habían formado parte del equipo que había localizado y destruido el gas letal. Sí, se acordaban perfectamente de aquel robo.

—El Triple X no fue lo único que se llevaron —continuó Joe Cat.

Wes se pasó una mano por la cara.

—Creo que no quiero saberlo.

—Plutonio —añadió su capitán—. El suficiente para fabricar una pequeña arma nuclear.

Una pequeña bomba atómica. Genial.

—Shaw estaba intentando localizarlo —prosiguió Joe Cat—. Estaba siguiendo una pista que tanto el almirante Robinson como él consideraban poco fiable. Por eso estaba allí solo. El grueso del Grupo Gris está trabajando en el otro extremo: encontrar al posible comprador parecía más sencillo que dar con el plutonio. Pero ahora que Shaw ha desaparecido, no estoy seguro de qué está pasando.

—Nuevo México es un estado muy grande —comentó Bobby.

Tenía razón. Y si Mitch estaba trabajando de incógnito, no habría informado a nadie de sus movimientos.

—¿Cómo diablos vamos a encontrarlo?

—Shaw llevaba diez billetes de cien dólares falsos —contestó Joe—. El almirante Robinson puso en marcha una técnica que utilizaban los espías de la Agencia. Por lo visto, su esposa ha sido agente de la CIA. Veréis, si las cosas se tuercen y el agente, o el SEAL, en este caso, es eliminado por el enemigo, ese dinero falso tiende a ponerse a circulación. Es lógico, ¿no? Se elimina a un agente y se hace desaparecer su cuerpo. Pero el asesino suele registrarle los bolsillos en busca de armas o dinero. Es absurdo enterrar eso bajo un montón de piedras junto con los restos mortales de la víctima, ¿no? Así que el dinero cambia de manos, por así decirlo. Ese método ha servido a veces para conducir directamente hasta los asesinos. En cuanto empiezan a gastar el dinero, y en cuanto se identifica como falso, es como si ondearan una gran bandera roja.

—¿Estás diciendo que crees que el teniente Shaw está muerto? —Wes lanzó una maldición—. Me caía bien ese tipo.

—No sé qué le ha pasado a Shaw —les dijo Joe—. Pero uno de sus billetes de cien dólares falsos ha aparecido en Wyatt City, Nuevo México. En la caja de donativos de un albergue para indigentes, nada menos.

—¿Cuándo nos vamos? —preguntó Bobby.

—Salimos en avión de Las Cruces dentro de tres horas —contestó Joe, y esbozó una sonrisa torcida—. Yo, eh, necesito un poco de tiempo. Todavía no le he dicho a Ronnie que me marcho.

—Bueno, señor, eh... —Wes se armó de valor—. Creo que de eso ya me he encargado yo.

Joe cerró los ojos y soltó un juramento.

—Lo siento mucho, capitán —añadió Wes.

—¿Sabes, Skipper?, Ren, Stimpy y yo podemos encargarnos de esto. No tienes por qué venir. No es necesario —le dijo Lucky, muy serio—. Hemos trabajado con Mitch, sabemos qué aspecto tiene, al menos cuando no va disfrazado. Y como tú mismo has dicho, el resto del Grupo Gris está trabajando por otro lado. ¿Por qué no te das un respiro y se lo das a Veronica? —hizo una pausa—. Y me das ocasión de practicar la capacidad de liderazgo que tanto se empeñaron en inculcarme en la Academia. Deja que yo me ocupe de esto.

Joe miró colina arriba, por encima de la playa, hacia las cálidas luces de su hogar, que brillaban entre la densa niebla. Tomó una decisión.

—Adelante —dijo—. Los documentos dándoos días de permiso ya están en la base. Quiero informes a través de una línea segura cada doce horas.

—Gracias, capitán —Lucky le tendió la mano.

Joe se la estrechó.

—Encontradlo. Daos prisa.

—¿Tú eres Casey?

Casey. Casey Parker. Si ese era su nombre, ¿por qué no lo recordaba?

—Sí, soy yo.

Un niño de unos diez años entró en el establo. Se quedó delante de Mish, los ojos agrandados por las gafas de montura metálica, que llevaba torcidas.

—Venía a decirte que nos ensilles un par de caballos a Ashley y a mí. Ashley es mi hermana. Es una lata.

Ensillar unos caballos...

—¿Cómo te llamas? —le preguntó al chico.

—Mi verdadero nombre es Reagan. Reagan Thomas Alden. Pero me llaman Chip.

Mish entró en la caballeriza que estaba limpiando.

—Corre el rumor, Chip, de que los huéspedes de menos de dieciocho años tienen prohibido montar solos.

—Sí, pero... no tengo hora para montar hasta después de las cuatro. ¿Qué voy a hacer hasta esa hora?

—¿Leer un libro? —sugirió Mish, retomando su ritmo de trabajo.

—¡Oye! ¡Tú podrías venir conmigo y con Ash! —Chip se animó—. Hay un sitio a un kilómetro al este de aquí, más o menos, donde hay unas rocas enormes que dan mucho miedo, son como dedos gigantes saliendo del suelo. Si quieres puedo enseñártelas.

—Creo que no.

—Vamos, Casey. Ahora mismo no estás haciendo nada importante.

Mish siguió sacando estiércol de la caballeriza.

—Según lo veo yo, estoy haciendo un trabajo importantísimo: me estoy asegurando de que los caballos que montas tengan un lugar limpio en el que dormir.

—Sí, pero... ¿no preferirías salir a montar?

Mish contestó con franqueza:

—No.

Lo cierto era que no recordaba nada sobre caballos. Si alguna vez había sabido montar, ese conocimiento se había esfumado junto con todos sus recuerdos. Pero, por alguna razón, lo dudaba. Tenía la impresión de que nunca se había molestado en aprender a montar a caballo.

Lo cual era preocupante. Si de veras era Casey Parker, había mentido para conseguir aquel trabajo. Y si no era Casey Parker, entonces ¿quién demonios era? Fuera o no Casey Parker, no lograba sacudirse la impresión de que no iba a gustarle averiguar quién era en realidad.

La pistola que llevaba en la bota. El fajo de dinero. La herida de bala... Todo parecía indicar que no era precisamente un ángel.

Si el sueño que había tenido contenía algo de verdad, tenía que ser un asesino. Era alguien que mataba a gente para ganarse la vida. Y, si así era, no quería recordar quién era.

El mundo y él saldrían ganando si se quedaba allí el resto de su vida, sacando estiércol y...

Levantó la cabeza al oír un retumbar suave. ¿Un trueno? ¿O una camioneta que se acercaba?

—Parece Travis Brown —le dijo Chip—. Haciendo el payaso, como dice Becca.

Se oían los cascos de un caballo al golpear en el suelo. El ruido fue acercándose, hasta que se oyó a la puerta del establo. Fue acompañado de un agudo gemido de miedo y dolor, procedente del caballo. Un instante después, se oyó un sonido casi idéntico, solo que esta vez era un grito humano. Mish soltó la pala.

—¡Es Ashley! —Chip corrió hacia la puerta, pero Mish llegó antes que él.

Un caballo sin jinete corveteaba, pateando el aire mientras un hombre vestido con pantalones con flecos y chaleco de cuero yacía en el suelo, tras él. Delante del caballo encabritado, una muchacha se agazapaba en el suelo, cubriéndose la cabeza con los brazos.

Mish no se detuvo. Corrió hacia la muchacha.

Vio que Rebecca Keyes también corría hacia ellos desde la oficina del rancho. Su sombrero cayó al suelo, y ella asió la brida del caballo en el instante en que Mish agarraba a la chica y la sacaba de allí. El caballo seguía corveteando; sus cascos pasaban casi rozando la cara de Rebecca, pero ella no se inmutó.

Mish dejó a la chica en brazos de Chip y se preparó para acudir en auxilio de Becca. Pero ella se limitó a retroceder lentamente, dejando espacio al animal. El caballo tenía los costados heridos, como si lo hubieran azuzado con espuelas demasiado afiladas. Echaba por la boca espuma e hilillos de sangre. Temblaba, y su cuerpo oscuro estaba cubierto de sudor.

El hombre al que había lanzado al suelo se alejó a rastras de los poderosos cascos del animal.

—¿Habéis visto eso? —preguntó mientras se levantaba—. ¡Ese maldito caballo ha estado a punto de matarme!

—Cállate —Becca ni siquiera lo miró. Sus ojos estaban fijos en el caballo. Aunque no hablaba en voz alta, su voz sonaba cargada de autoridad.

El jinete cerró el pico.

Mientras Mish los observaba, el caballo fue calmándose. Pero seguía temblando y moviéndose, nervioso. Becca se acercó de nuevo al animal asustado y comenzó a susurrarle apaciblemente. Parecía una domadora de leones. Mish sintió que la tensión que notaba en el cuello y los hombros comenzaba a disiparse mientras oía su voz hipnótica y tranquilizadora. Ella miraba fijamente al caballo, pero Mish no veía ira en su mirada, a pesar de que sin duda era eso lo que sentía por el jinete.

Sabía que los ojos de Rebecca Keyes eran de un tono castaño corriente y, sin embargo, cuando miraba al caballo, reflejaban una serenidad casi angelical. Por un momento, mientras la miraba, no pudo respirar.

Rebecca Keyes no era una mujer que pudiera considerarse bella. Era bastante guapa, sí. Mona, más bien. Tenía quizá la cara demasiado redonda, pero eso la hacía parecer más joven de lo que era en realidad. O quizá fuera muy joven, Mish no estaba del todo seguro. Su nariz, pequeña y salpicada de pecas, solo podía calificarse de infantil y su boca, ancha y generosa, estaba bien dibujada. El único maquillaje que llevaba era un poco de brillo en los labios. Y

Mish sospechaba que lo llevaba, más que por estética, para protegerse del áspero sol. Cuando se acercó al caballo tembloroso, cada uno de sus gestos, cada una de sus palabras y sus miradas, parecía irradiar calma.

Mish contuvo la respiración. Deseó que se volviera y que lo mirara así, que pusiera sobre él sus manos suaves y le llevara la paz que tanto necesitaba.

Pero se limitó a observar mientras ella acariciaba al caballo.

El animal bufó y se apartó, nervioso, pero Becca se movió con él.

—No pasa nada —murmuraba—. No pasa nada. Shhh... —pasó las manos por su cuello—. Sí, ya está todo bien. Vamos a limpiarte un poco —pasó las riendas por encima de la cabeza del animal y lo condujo pausadamente hacia el establo—. Casey cuidará de ti —añadió, todavía con aquella voz dulce y sedante—, mientras yo me ocupo del idiota que te ha hecho daño.

Miró a Mish, le pasó las riendas y, de pronto, la cálida serenidad de sus ojos se convirtió en una ira fría y fulminante. En efecto, estaba dispuesta a ocuparse del jinete.

Pero primero se volvió hacia la muchacha que había estado a punto de ser arrollada en el camino.

—¿Estás bien, Ash?

Ashley y Chip estaban de pie junto al establo, abrazados todavía. La chica asintió con un gesto, aunque saltaba a la vista que seguía temblando.

—Chip, corre a la oficina —ordenó Becca con energía—. Dile a Hazel que localice a tus padres por el móvil —se volvió hacia Mish—. Lleve ese caballo dentro del establo.

Mish tiró suavemente de las riendas y condujo al

enorme animal hacia la silenciosa frescura del establo. Al mirar los grandes ojos marrones del caballo, vio en ellos desconfianza. Intentó mirarlo con aplomo, pero comprendió que no podía. Lo cierto era que no tenía ni idea de qué hacer.

Enrolló las riendas alrededor de uno de los travesaños de la caballeriza más cercana y entre tanto siguió con el oído atento a lo que sucedía fuera del establo.

—Señor Brown, tiene usted exactamente quince minutos para recoger sus cosas y personarse en la oficina del rancho —oyó que decía Becca en un tono que no admitía discusión al hombre que había montado al caballo.

Había una hebilla que parecía sujetar la silla y Mish intentó desabrocharla, pero el animal se alejó, resoplando. Él no era el doctor Doolittle, pero el mensaje estaba claro: «No me toques».

Fuera, Brown balbució:

—Ha sido a mí a quien han tirado al suelo...

—Estaba usted advertido —lo interrumpió Becca con la voz crispada por la ira—. Se le ha dicho una y otra vez que no puede ponerse espuelas para montar a ninguno de nuestros caballos. Se le ha repetido hasta la saciedad que no tire bruscamente de las riendas y que trate a los animales como querría que lo trataran a usted si tuviera un freno en la boca.

Mish puso la mano en el cuello del animal. La dejó descansar allí, firme y segura, intentando disipar su inseguridad, consciente de que el caballo la percibía. Podía hacerlo. Había visto bastantes películas del Oeste. Tenía que retirar la silla y la manta de debajo, y luego refrescar de algún modo al animal.

—Se le ha advertido en repetidas ocasiones que no debe

galopar por los alrededores de los edificios del rancho —continuó Becca—. Podría haber herido gravemente a Ashley Alden. Se acabaron las advertencias. Recoja usted sus cosas y salga inmediatamente de este rancho.

—¡Que venga el sheriff! ¡Quiero una ambulancia! ¡Me he hecho daño en la espalda al caerme! ¡Voy a demandarles...!

Mish volvió a echar mano de la hebilla, esta vez con movimientos firmes y seguros. El caballo dio un respingo y resopló por la nariz con fuerza, pero Mitch consiguió abrir la hebilla. Quitó la silla y la puso sobre la valla. Después no pudo resistir la tentación de echar una ojeada fuera del establo. Se había reunido una pequeña multitud: los huéspedes y los empleados del rancho observaban en silencio la escena.

Becca tenía arrinconado a Travis Brown contra la cerca de madera del corral. Sus ojos despedían chispas. Cuando habló, su voz, aunque baja, resonó en medio del silencio.

—Adelante, llama al sheriff, Hazel —le dijo, sin quitar ojo a Brown, a la mujer de pelo canoso que esperaba en los escalones de la oficina del rancho—. Es muy probable que Ted y Janice Alden quieran denunciar al señor Brown por haber estado a punto de matar a su hija. Homicidio involuntario. ¿No es así como lo llaman?

—¡No puede echarme de aquí! ¡Soy accionista del rancho!

—Es usted idiota —replicó Becca tajantemente—. Lárguese inmediatamente de aquí.

Brown se acercó a ella, amenazador.

—Zorra. Cuando Justin Whitlow se entere de esto...

—Quince minutos, Brown.

Brown se cernía sobre ella, pero Becca no se arredró. Mantuvo el tipo, la barbilla alta, como si lo desafiara a levantarle la mano. El hombre pasó a su lado empujándola y se dirigió hacia las cabañas de los huéspedes exagerando su cojera. Becca se volvió y miró primero a Hazel.

—¿Has localizado a los Alden?

La mujer, mayor y regordeta, asintió con un gesto.

—Vienen para acá.

—Llama también al sheriff, por si acaso quieren presentar una denuncia.

—Ya lo he llamado.

Becca recorrió con la mirada a las personas que se habían congregado allí y por fin posó los ojos sobre Mish. Él se dio cuenta de pronto de que había salido del establo y se había acercado a ella, listo para abalanzarse sobre Brown si intentaba golpearla.

—¿Cómo está Cazatormentas? —preguntó, acercándose a él—. Va a tener que hacer terapia después de esto.

—No parece querer que lo toque —reconoció Mish mientras entraban en el establo.

Ella le lanzó una extraña mirada por encima del hombro.

—La yegua no lo conoce. Es lógico que esté un poco asustada.

La yegua. Era una hembra. Ni siquiera se le había ocurrido mirar. Había dado por sentado que, como era tan grande y fuerte... «No darás nada por sentado». Había quebrantado una de las reglas principales, y se había puesto en evidencia.

Reglas. Pero ¿reglas de qué? Dios Todopoderoso, estaban allí, fuera de su campo de visión, pero allí. Todas las respuestas, baileoteando al borde de su visión periférica mental. Quería cerrar los ojos, apoderarse de algún modo de la verdad, de su identidad. Pero Becca Keyes seguía hablándole.

—¿Por qué no la refresca un poco? —dijo, molesta, mientras lo observaba con sus ojos castaños, aparentemente corrientes.

Estaba desafiándolo. Sus palabras eran una prueba. Quería saber si era capaz de hacerlo.

Pero Mish no era capaz.

Le sostuvo la mirada con franqueza.

—Me temo que eso queda un poco fuera de mi alcance. Pero si me dice exactamente qué es lo que tengo que hacer, puedo...

Ella ya se había apartado.

—Perfecto —masculló—. Es genial —se volvió bruscamente para mirarlo—. Me está diciendo que no sabe cómo refrescar a un caballo, ¿es eso?

—Aprendo rápidamente —contestó él con calma—. Y usted anda escasa de personal...

—Y de cerebro, obviamente —en sus ojos brilló de nuevo un destello de ira, pero su fuerza estaba debilitada por la decepción—. Maldita sea. ¡Maldita sea!

Era difícil soportar aquella mirada de decepción. Mish habría preferido su cólera.

—No era mi intención engañarla.

No podía explicárselo. ¿No?

Ella se echó a reír mientras quitaba la manta del lomo de Cazatormentas.

—Ya. Vaya a asegurarse de que Brown está haciendo las maletas. Está en la cabaña número doce. Acompáñelo a la oficina, acabe de limpiar las caballerizas y luego manténgase alejado de mi vista el resto de la tarde. No puedo ocuparme de esto ahora mismo. Hablaremos por la mañana.

Mish podía no saber nada de caballos, pero sabía cuándo una situación exigía silencio. Dio media vuelta y salió del establo. Esa mañana se había despertado de nuevo sin pasado, sin nombre ni identidad. Y sin embargo de pronto se sentía aún más vacío que antes.

CAPÍTULO 3

Eran más de las dos de la madrugada, y alguien estaba aporreando la puerta de su apartamento.

Becca se sentó en la cama y tanteó en la oscuridad en busca de su linterna, pero no la encontró. Los golpes seguían sonando: un tamborileo frenético, acompañado por una vocecilla aguda que gritaba su nombre. Se arrojó fuera de la cama y estuvo a tropezar al acercarse al interruptor de la pared. Descolgó la bata de la percha que había junto al armario, avanzó hacia el ruido y abrió la puerta.

Al otro lado de la puerta mosquitera estaba Ashley Alden. La chica de catorce años tenía la cara llena de lágrimas.

—Chip se ha ido —dijo.

Becca la hizo entrar y cerró la mosquitera antes de que todos los mosquitos de Nuevo México pasaran a la cocina con ella.

—¿Cómo que se ha ido? ¿Adónde?

—¡No lo sé! Yo tenía que cuidar de él, y me quedé dormida, y cuando volvieron mis padres, no estaba. Se ha llevado la manta de su cama. Creo que quiere jugar a los vaqueros y dormir al raso, en alguna parte —Ashley se esforzaba por contener las lágrimas, pero no lo conseguía—. ¡Y ahora mis padres se están peleando, y viene una tormenta, y alguien tiene que encontrar a Chip antes de que le caiga un rayo!

La chica tenía razón. Se acercaba una tormenta. Becca oía el temible retumbar de los truenos a lo lejos. Pero, aunque peligrosos, los rayos no le preocupaban demasiado. En cambio, si Chip había tendido su catre en un arroyo, o en la suave hondonada del lecho seco del río... No era necesario que estuviera lloviendo allí para que los arroyos y el río se inundaran de repente. Solo tenía que llover río arriba.

Miró el reloj de la cocina. Eran las dos y cuarto. Sin duda los Alden habían estado en el bar de carretera de allí cerca, bebiendo hasta las dos, la horra de cierre. Y si así era, no iban a ser de gran ayuda para encontrar a su hijo.

Volvió a sonar un trueno, más cerca esta vez.

Aun así, iba a necesitar a toda la gente que pudiera reunir.

—Ve a buscar a tus padres —ordenó a Ashley mientras llamaba a Hazel por el teléfono inalámbrico—. Y despierta a todos los huéspedes que puedas. Nos vemos delante de la oficina.

Ashley salió rápidamente.

Hazel parecía aturdida cuando contestó, pero se espabiló enseguida.

Becca se puso unos vaqueros encima del pijama mientras daba órdenes a su ayudante.

—Despierta a Dwayne y Belinda, diles que ensillen los caballos. Será más fácil buscarlo a caballo —se puso las botas y se caló el sombrero—.Yo voy a despertar a los mozos del barracón.

El viaje en autobús era interminable, pero cuando el conductor se detuvo en el control de la primera valla, Mish deseó que no acabara. Cerró los ojos. No quería ver cerrarse la verja tras ellos, encerrándolos. Mantuvo los ojos cerrados. Era absurdo tomar nota de las medidas de seguridad, observar las torres de vigilancia y las vallas. Estaba allí. Y allí seguiría hasta que Jake lo sacara.

El autobús se detuvo con una sacudida, pero él no se movió hasta que uno de los guardias se acercó y abrió los grilletes que llevaba en brazos y piernas.

Se levantó, y el guardia lo obligó bruscamente a echar los brazos hacia atrás y le esposó las manos a la espalda. Seguía atado: un corto tramo de cadena unía sus tobillos. Le costó bajar los escalones del autobús. Saltó los dos últimos y aterrizó con ligereza en el patio polvoriento de la prisión.

La prisión... Estaba en la cárcel. Sintió una náusea al levantar la mirada hacia los toscos edificios grises que se cernían sobre él.

—Muévete —gruñó uno de los guardias—. Vamos, adentro.

Empezó a sudar. Al menos allí fuera todavía tenía el cielo, abierto y despejado por encima de su cabeza. Dentro solo habría paredes, solo barrotes y aquellas cadenas que lo señalaban como a un hombre muy, muy peligroso.

El guardia le dio un empujón y tropezó, pero se obligó a no reaccionar, a buscar dentro de sí serenidad, la misma serenidad que tantas veces lo había salvado en el pasado.

Estaba allí. No tenía que gustarle. Solo tenía que soportarlo. Jake contaba con él. Jake necesitaba que... que...

Las respuestas estaban allí (quién era Jake y qué necesitaba que hiciera Mish allí, en la cárcel), pero se le escapaban.

De pronto todo cambió, como sucedía a menudo en los sueños, y se encontró en un callejón. Se oían truenos y empezaban a caer los primeros goterones de lluvia. En un instante estuvo empapado.

Se echó el pelo mojado hacia atrás, apartándoselo de la cara, y deseó tener una goma para recogérselo. El cañón de su arma reflejaba una luz mate. Se metió entre las sombras y esperó a que los pasos se acercaran. Se acercaran...

—¡Casey! ¡Vamos, Casey, despierta! —alguien lo zarandeó. Abrió los ojos, despierto instantáneamente, y vio a Rebecca Keyes inclinada sobre él, con el pelo revuelto por el sueño.

Se quedó de piedra. ¿Qué hacía ella en su cama? La deseaba, claro. Muchísimo. Pero no recordaba cómo había llegado allí. Y no se imaginaba intentando seducirla, a pesar de la atracción que sentía por ella. Sería un error garrafal liarse con cualquier mujer hasta que recobrara su identidad.

Tampoco se imaginaba a Becca dejándose seducir. Se había mostrado tan dura, tan fría con él...

¿Qué hacía sucedido? No recordaba cómo la había convencido para que se aplacara y se acostara con él. Y lo peor de todo: no recordaba ni siquiera haberse acostado con ella.

¿Era aquello algo más que amnesia? No tenía sentido. Recordaba haberse acostado, solo, y haber apagado la luz. Recordaba la indiferencia de Becca durante la cena. Recordaba cómo se había despertado en el albergue, con la cabeza dolorida. Recordaba a Jarell, el motel, el viaje en autobús a...

A la prisión.

Había soñado con una prisión. Estaba esposado y encadenado, y se acordaba de un tal Jake...

Ella lo zarandeó de nuevo.

—¡Espabila, maldita sea! Necesito tu ayuda.

Entonces comprendió lo que ocurría. Estaba tumbado en un catre en el que apenas cabía una persona, menos dos. Y Becca no iba a vestida para una noche de amor. Llevaba vaqueros y botas y un sombrero de ala ancha en la cabeza.

Mish se sentó, la manta resbaló por su pecho desnudo y Becca dio un paso atrás como si temiera que estuviera desnudo.

No lo estaba. Llevaba los calzoncillos. Recordaba habérselos dejado puestos al acostarse.

—Chip Alden ha desaparecido —dijo ella precipitadamente—. Y se acerca una tormenta. Necesito a todo el mundo. Hay que encontrar al niño antes de que se inunde el lecho del río.

Él asintió con la cabeza, comprendiendo su mensaje. Necesitaba toda la ayuda que pudiera conseguir: hasta la de un ser rastrero e inútil como él.

Se levantó y se puso los vaqueros y la camiseta del día anterior. Mientras ella se alejaba a toda prisa, se calzó las botas. La siguió. Seguían resonando los truenos mientras el gentío de huéspedes y empleados se reunía frente a la oficina del rancho. Miraban todos con preocupación el cielo oscurecido.

Becca los dividió rápidamente en dos grupos y los envió en distintas direcciones, algunos a caballo, otros a pie.

—Mira en el establo y en los edificios públicos —ordenó a Mish antes de subir ágilmente a lomos de un caballo y alejarse al galope.

Mish oyó las voces de las partidas de búsqueda adentrándose en la oscuridad. Gritaban con la esperanza de despertar al niño dormido.

La suya era una labor de poca monta. Sabía que Becca no creía que fuera a encontrar a Chip en el establo, ni en el comedor, ni en la sala de juegos. Pero alguien tenía que mirar, y le había tocado a él.

Entró en el establo.

Cazatormentas era el único caballo que quedaba en el establo. Estiró las orejas con curiosidad al verlo, como si la asombrara tanto ajetreo antes del amanecer.

Era su caballeriza la que estaba limpiando Mish cuando Chip entró en el establo esa tarde e intentó convencerlo para que ensillara un par de caballos.

Mish se quedó paralizado. De pronto oía como un eco la voz infantil de Chip. «Hay un sitio a un kilómetro al este de aquí con unas rocas muy grandes que dan mucho miedo, como los dedos de un gigante saliendo del suelo...».

Había un plano en relieve del rancho en la pared del establo. Mish midió rápidamente la escala con los dedos, intentando encontrar las formaciones rocosas de las que le había hablado Chip. Sabía interpretar un mapa y enseguida encontró un lugar a cerca de un kilómetro al este-noreste donde quizá estuvieran esas rocas. Estaba justo al lado de una depresión: el lecho del río seco.

Restalló un trueno, más cerca esta vez, y empezaron a caer gruesas gotas de lluvia, tamborileando en el tejado reseco del establo. Si Chip había acampado en el lecho del río...

Corrió hacia el corral, pero todo el mundo se había ido. Oyó voces a lo lejos. La mayoría se dirigía al sur.

Regresó al establo, junto a cuya puerta colgaba una enorme linterna. Pero ni siquiera usándola podría recorrer a toda velocidad casi un kilómetro por aquel terreno tan abrupto. Se volvió y miró a Cazatormentas directamente a los ojos.

La yegua relinchó, nerviosa, al brillar otro relámpago seguido por el estallido de un trueno.

—Sí, a mí tampoco me gusta este tiempo —le dijo Mish mientras abría la puerta de la caballeriza—, pero sé dónde está ese crío y tengo que llegar allí, así que ¿qué te parece si trabajamos en equipo?

Cazatormentas no protestó. Pero tampoco dio su consentimiento, exactamente.

—No he hecho esto en toda mi vida —Mish descolgó una brida de la pared y siguió hablando con voz tranquila y suave, como había visto hacer a Becca—. Pero ayer pasé casi todo el día mirando cómo se hacía, así que vamos a intentarlo, de acuerdo?

Mientras se acercaba, la yegua apretó los dientes.

—Creo que se supone que el bocado va detrás de tus dientes, no delante —le dijo Mish, todavía en voz baja—. Y creo que he visto a los otros acariciarte un poco aquí y esperar a que te distrajeras para... colocártelo. Ahí está. Buena chica. Así me gusta. Ahora, vámonos.

Cazatormentas resopló, mordiendo el bocado con rabia.

—Imagino que no debe de ser muy agradable —continuó Mish mientras colocaba una manta sobre su fuerte lomo de color castaño—. Imagino que nada de esto es muy divertido para ti, sobre todo después de cómo te ha tratado ese idiota esta tarde.

Descolgó una silla de la pared, la puso suavemente en el centro de la manta y abrochó la cincha alrededor del vientre del animal. Y como había visto hacer a los otros mozos del rancho, esperó a que la yegua se relajara y después tensó la correa.

Los estribos parecían tener la medida justa para sus piernas, así que pasó las riendas por encima de la cabeza del animal y la condujo fuera, llevando la linterna bajo el brazo.

La lluvia caía ahora con más fuerza y Cazatormentas intentó retroceder.

—No, de eso nada —murmuró Mish, y señaló hacia donde quería ir—. ¿No eras tú una yegua dura de pelar? —apoyó el pie izquierdo en el estribo y se agarró a la perilla—. Seguramente lo estoy haciendo todo mal y del revés, así que te agradezco tu paciencia —dijo mientras intentaba imitar el movimiento que había hecho Becca. Aterrizó de golpe sobre la silla y estuvo a punto de caer de lado—. ¡So!

La yegua bufó y aguzó las orejas cuando Mish agarró las riendas con suavidad. Tenía que recordar que estaban sujetas a la tierna boca del animal.

Y ahora ¿qué era lo contrario de so?

—¡Arre! —gritó.

Brilló un relámpago, restalló un trueno y Cazatormentas partió al galope.

Becca no podía creer lo que veían sus ojos. Centelleó otro rayo, y de nuevo vio a Cazatormentas galopando como alma que lleva el diablo, con Casey Parker montado sobre ella, inclinado sobre su cuello como un curtido vaquero de rodeo. Becca sintió una punzada de enfado: aquel tipo le había hecho creer que no sabía nada de caballos. Que ni siquiera sabía montar.

Fue a cortarles el paso en el instante en que Casey refrenaba a Cazatormentas.

—¡Sé dónde está Chip! —gritó él.

Parecía ajeno a la lluvia que caía sin cesar, chorreando por su cara. Presionó suavemente los costados de Cazatormentas y el animal echó de nuevo a correr. Becca los siguió, azuzando con fuerza a Silver para mantener su paso. Llevaba la linterna encendida y a su luz brillante pudo ver que Casey no montaba como un vaquero profesional. Al contrario, se agarraba al cuello del animal como a un salvavidas.

—¡Hablé con él esta tarde! —le gritó él—. ¡Quería ir a un sitio donde hay unas formaciones rocosas!

Los Dedos de Roca. Dios, eso estaba justo al lado del río seco. Solo que, con tanta lluvia, no seguiría seco mucho tiempo... si no lo había inundado ya la lluvia de las montañas.

Becca dejó a Silver ir a galope tendido mientras rezaba por que no fuera demasiado tarde. Por favor, Dios, que encontraran al niño todavía con vida...

Lo oyó antes de verlo.

El río llevaba agua.

Brilló una linterna y los Dedos de Roca se destacaron en medio de la oscuridad. El agua del lecho del río, oscura y espumosa, iba llena de troncos y desechos que arrastraba la corriente.

De Chip no había ni rastro.

Becca descendió de su montura y utilizó la linterna para alumbrar las orillas del río.

Casey, que seguía montado sobre la yegua, señaló el agua.

—¡Allí!

Ella también lo vio.

Vio lo que podía ser la coronilla de una cabeza junto a una rama que se había enganchado en una formación rocosa.

—¡Chip! —gritó por encima del fragor del río y el estallido de los truenos—. ¡Chip!

La cabeza se movió y se convirtió en una carita pálida que reflejaba la luz de su linterna.

Era Chip. Se estaba agarrando con todas sus fuerzas al extremo de la rama vieja y desgastada.

Becca vio que Casey se apeaba de la yegua y que calibraba la situación de un solo vistazo. La rama a la que se agarraba Chip estaba encajada entre dos rocas, junto a la orilla, justo antes de que el río describiera un brusco recodo a la izquierda y se precipitara cerro abajo. Allá abajo, el agua se volvía blanca en torno a los rápidos y podía aplastar fácilmente contra las rocas a un niño de diez años. Era solo cuestión de tiempo que los desechos arrastraran a Chip corriente abajo.

El talud del río, cubierto de piedras, dificultaba el avance. Casey resbaló y se deslizó sobre ellas. Después se volvió para ofrecer la mano a Becca.

Pero ella no necesitaba ni quería su ayuda.

—¡Estoy bien! —le gritó—. ¡Sigue adelante!

Por fin llegaron.

—¡Aguanta, chico! —oyó Becca gritar a Casey—. ¡Vamos a sacarte de ahí!

—¡Quiero a mi mamá! —el pequeño estaba llorando—. ¡Por favor! ¡Quiero a mi mamá!

—Vamos a sacarte de ahí y enseguida iremos a buscarla —le dijo Casey en tono tranquilizador.

Iban a sacar al niño del río. Y, si tenía alguna duda al respecto, lo ocultaba muy bien. Tiró del grueso extremo de la rama a la que se aferraba Chip, pero no cedió. Becca dejó su linterna en el suelo y lo ayudó. No tardaron en darse cuenta de que la maldita rama no iba a moverse. No podrían desprenderla para sacar al niño del agua.

La lluvia arreciaba, chorreaba por el ala de su sombrero formando una cortina opaca.

—¡Voy a tener que bajar a sacarlo de ahí! —gritó ella.

Él se limpió el agua de la cara con la mano, aunque de poco sirvió. Sacudió la cabeza.

—No. Lo haré yo.

—¿Estás de broma? ¡Esa rama no aguanta tu peso!

—Puede que tampoco aguante el tuyo.

—Agárrame de las piernas —le dijo Becca—. Si la rama se rompe, me agarraré a ella y podrás sacarnos a los dos del agua.

A él no le gustó la idea, pero Becca no le dio elección: comenzó a avanzar lentamente, arrastrándose por la rama. Sintió las manos de Casey en sus piernas, sus dedos enganchados a los bordes de las perneras de sus pantalones. Vio la cara asustada y pálida de Chip a la luz de otro relámpago. El niño intentaba acercarse a ella poco a poco. Estaban muy cerca. Cuarenta centímetros más y...

Sucedió todo muy deprisa.

Un trozo de madera que flotaba corriente abajo golpeó a Chip en el pecho y, dando un grito, el chico soltó la rama.

Becca se oyó gritar mientras Chip le tendía los brazos, los ojos abiertos de par en par por el terror, arrastrado por la corriente.

Sintió que la subían y que la lanzaban hacia la orilla y sintió, más que verlo, que Casey trepaba a gatas por las rocas. Agarró la linterna, la sujetó con fuerza y alumbró el río mientras rezaba por distinguir el cabello castaño de Chip y le pedía al cielo que el niño hubiera logrado agarrarse a otra rama.

De pronto lo vio.

¡Cielo santo, no! La fuerte corriente lo arrastraba río abajo. Unos segundos más y llegaría a los rápidos. Entonces vio a Casey corriendo por la orilla. Iba derecho hacia el recodo del río. Lo vio lanzarse de cabeza al agua con un movimiento ágil y atlético. Luego lo perdió de vista.

Mish supo sin asomo de duda, en los segundos que estuvo suspendido en el aire sobre el agua turbulenta, que sabía nadar.

Y no simplemente a estilo perro. Sabía nadar de verdad. Montando a Cazatormentas se había sentido incómodo, pero allí, en el río, estaba en su elemento. En el agua se sentía más a gusto que en ningún otro sitio.

Cayó al río con un fuerte ruido de chapoteo y el agua tiró inmediatamente de él, arrastrándolo corriente abajo. Se dejó llevar e invirtió sus fuerzas en impulsarse hacia la superficie. Solo cuando sacó la cabeza empezó a resistirse a la corriente mientras buscaba a Chip con la mirada. Vio acercarse un madero. Parecía un trozo de poste telefónico. Pero no tuvo tiempo de apartarse por completo de su camino. Lo golpeó violentamente en el lado izquierdo, hundiéndolo de nuevo y volteándolo, y el ardor del agua en sus pulmones empeoró el intenso dolor del golpe. Pataleó y movió los brazos para defenderse del dolor y, al salir bruscamente a la superficie, comenzó a toser para expulsar el agua que había tragado.

Y la corriente arrastró directamente al niño a sus brazos.

Dejó que la fuerza del agua lo llevara de nuevo. Solo invirtió sus fuerzas en bracear para dirigirse hacia la orilla rocosa. Salió a gatas, con el costado dolorido y Chip aferrado todavía a su cuello. Los dos boqueaban, intentando respirar. Becca apareció y tiró del niño para subirlo por el talud. Después le tendió los brazos.

Centelleó un rayo y él vio que ella había perdido el sombrero. Tenía los rizos oscuros pegados a la cabeza y, bajo la chaqueta, la camisa se le adhería a los pechos. Mish vio entonces que no era una camisa, sino un pijama blanco. Debajo no llevaba absolutamente nada. Tenía un cuerpo increíblemente bonito, pero fueron sus ojos lo que más llamó su atención. Rebosantes de emoción y alivio, eran bellísimos.

Mish podría haberse quedado allí toda la noche, bajo la lluvia, esperando a que el brillo de otro relámpago le permitiera vislumbrar de nuevo su cara.

Pero Becca tomó a Chip en brazos y se levantó.

—Volvamos al rancho.

Ted Alden, el padre de Chip, salió de la cabaña donde se alojaban.

—El médico dice que tiene un par de costillas rotas, pero que los pulmones están perfectamente y la presión arterial es fuerte. Vamos a tenerlo en observación el resto de la noche para asegurarnos de que no hay lesiones internas que no hayamos detectado.

Había dejado de llover y las nubes se estaban levantando. Becca vio el tenue brillo de las primeras estrellas. Asintió con un gesto.

—¿Necesitáis ayuda? Tienes cara de que, en cuanto te duermas, dormirás un día o dos seguidos.

Alden se pasó las manos por la cara.

—No. Hemos puesto el despertador. Y Ashley también. Por si acaso.

—Bueno, aquí estoy, si me necesitáis.

—Gracias.

Becca se volvió para marcharse, pero él la detuvo.

—Esta vez no hemos causado más que problemas. ¿Vas a pedirnos que nos marchemos?

Ella tuvo que reírse.

—¿Como se lo pedí a Travis Brown, quieres decir? —sacudió la cabeza—. No, no tengo por costumbre ahuyentar a los huéspedes con una escopeta. Es malo para el negocio.

—Dale otra vez las gracias a ese vaquero de mi parte —añadió Alden—. Si no hubierais estado los dos allí, quizá Chip habría...

Chip habría muerto.

Becca sabía que Ted Alden no se atrevía a decirlo en voz alta. Su hijo habría muerto. Pero ella había hecho muy poco por salvar al niño. Lo cierto era que, de no ser por Casey Parker, en aquel momento habrían estado dragando el río en busca del cuerpo sin vida del pequeño.

Tragó saliva, embargada de pronto por una intensa oleada de emoción. Tuvo que parpadear con fuerza para contener las lágrimas.

—Le daré las gracias —dijo con calma—. Dale a Chip un beso de buenas noches de mi parte, ¿quieres?

Alden dijo que sí con la cabeza y cerró la puerta mosquitera al entrar en la cabaña.

Debía de ser el cansancio lo que hacía aflorar aquellas oleadas de emoción. Becca no recordaba la última vez que había llorado y sin embargo allí estaba, deseando aovillarse y llorar como un bebé.

Todo había salido bien. El niño estaba a salvo, pero ella no podía evitar pensar en lo que podía haber pasado. No podía evitar recordar la mirada de terror del chiquillo al verse arrastrado fuera de su alcance. «¿Por qué no me has salvado?», parecían decir sus ojos. Si Chip hubiera muerto, su cara la habría obsesionado el resto de sus días.

Si Chip hubiera muerto...

¿Y si Casey no hubiera estado allí, con su asombrosa habilidad para nadar como una especie de animal acuático? ¿Y si el río hubiera arrastrado a Chip alejándolo de él? ¿Y si...?

Se le revolvieron las entrañas y sintió subirle la bilis a la garganta. Tuvo que sentarse al borde del camino embarrado, intentando no vomitar. Se agarró a su chaqueta empapada, ciñéndosela con fuerza, y rezó por que se le pasaran las náuseas.

—¿Estás bien? —la voz, suave y amable, surgió de la oscuridad.

—Sí —mintió.

No quería levantar la mirada y ver los ojos insondables de Casey. No quería que la viera temblar.

—Es solo que... estoy...

Sintió que se sentaba a su lado, percibió su cercanía y su calor. Él no dijo nada. Se quedó allí sentado mientras ella intentaba respirar, recobrar el equilibrio y dejar de temblar.

Cuando él habló por fin, Becca pensó por un momento que estaba soñando. Su voz suavísima se entretejía con el tapiz aterciopelado del alba.

—¿Sabes?, creo que ha sido la primera vez que he montado a caballo —le dijo—. Por lo menos, desde que era pequeño. No sé por qué no lo he probado antes. Ha sido fantástico. Alucinante. Como volar. Pero tú ya lo sabes, ¿verdad? Imagino que prácticamente naciste a lomos de un caballo —hizo una pausa muy breve—. Recuerdo que, cuando iba montado en Cazatormentas, pensé que era como ir en moto, solo que lo que estaba montando tenía cerebro y alma...

Becca comprendió lo que intentaba hacer. La estaba tranquilizando, calmándola con la suavidad de su voz como ella habría intentado calmar a un animal asustado. Como había hablado a Cazatormentas esa misma mañana. Y, lo mismo que la yegua, se aferró al sonido suave de su voz. Era la única cosa sólida y firme en medio de una noche que temblaba y daba vueltas como un torbellino.

Pero no, no era la noche lo que temblaba. Era ella. De pronto se dio cuenta de que estaba llorando. Pero no podía hacer nada por contener las lágrimas. Nada en absoluto.

Casey seguía hablando. Describía su carrera a caballo, cómo le había puesto la brida y la silla a Cazatormentas. Sus palabras carecían de importancia y Becca dejó de escucharlas y se concentró únicamente en la modulación de su voz. Y cuando alargó la mano y la tocó levemente, pasando una mano por sus hombros y su espalda, no se retiró. No quería retirarse. Por el contrario, se inclinó hacia él y dejó que la rodeara con sus brazos.

La abrazó mientras temblaba, acunándola ligeramente e infundiéndole su calor, arropándola con su fortaleza.

—Ya pasó —murmuraba una y otra vez—. Ya pasó.

Becca sintió que las náuseas comenzaban a remitir, sintió que se relajaba entre sus fuertes brazos. Y era fuerte de veras. Su delgadez era solo un espejismo. Sus brazos y su pecho eran puro músculo. Becca había reparado en ello cuando, al ir a despertarlo, lo había encontrado medio desnudo en la cama. No tenía ni un gramo de grasa de sobra. Y sin embargo sus brazos eran tiernos. Suaves.

Continuó acariciándole la espalda y luego pasó los dedos por su cabello mientras murmuraba palabras tranquilizadoras. La estrechaba sin resultar amenazador, ofreciéndole solo consuelo. Cuando por fin ella dejó de temblar, guardó silencio.

Becca apoyó la cabeza en su hombro todavía mojado, dejó que sus ojos se cerraran y que el horror se disipara. Una idea, sin embargo, rondaba su cabeza. ¿Y si el hombre que la abrazaba volvía la cabeza y la besaba?

Abrió los ojos. Era una idea completamente absurda. Se apartó de él y se levantó. Tembló ligeramente, fría sin los brazos de Casey. El primer resplandor del amanecer comenzaba a iluminar el cielo por el este.

Él seguía siendo una sombra, sentado en la penumbra. Becca retrocedió rápidamente, temiendo que rompiera el silencio y al mismo tiempo que no lo rompiera.

—Jamás podré pagarte lo que has hecho esta noche —dijo en voz baja.

Se le ocurriría un modo de pagárselo, desde luego, pero alejó firmemente aquella idea ridícula de su cabeza.

—No he sacado al niño del agua por dinero —respondió él.

Becca temió haberlo ofendido.

—No me refería a eso —dijo—. Solo quería decir que... que ojalá hubiera algún modo de agradecerte lo que has hecho —le temblaba un poco la voz—. Y por sentarte aquí, conmigo.

—A veces lo peor de la batalla llega cuando la lucha ha acabado —repuso él con calma—, cuando baja el nivel de adrenalina y no queda nada, salvo pensar en lo que ha ocurrido.

Becca se quedó allí mientras el cielo seguía iluminándose, consciente de que debía decirle buenas noches y poner una distancia prudencial entre ella y aquel hombre. Se sentía atraída por su voz y su serena sonrisa mucho más de lo que quería reconocer. Y en cuanto a sus brazos...

—¿Has estado en el Ejército? —preguntó en lugar de marcharse.

Se quedó callado unos segundos. Luego se levantó con un solo movimiento lleno de agilidad.

—¿Estás segura de que quieres que hablemos? Da la impresión de que te vendría bien pasar doce horas en la cama.

¿Con él? La idea apareció de pronto en su cabeza, y Becca intentó ahuyentarla de nuevo. ¿Qué le pasaba?

—Tienes razón —contestó—. Es que estoy... Sigo estando...

Él le tendió la mano. Tenía unas manos grandes, recias, capaces y encallecidas por el trabajo duro. Unas manos atractivas, unidas a unos brazos igualmente atractivos.

—Vamos —dijo—. Te acompaño a tu cabaña.

Becca negó con la cabeza.

—Estoy bien —temía tocarlo de nuevo, aunque solo fuera su mano—. Gracias otra vez, Casey.

Él asintió y bajó la mano.

—Tengo un mote —le dijo—. Mish. Sé que es... raro, pero prefiero que me llamen así.

—Mish —repitió ella—. ¿Es ruso?

—No. Es un diminutivo de... —se rio casi avergonzado—. Un diminutivo de Misionero.

¿Misionero?

—¿Qué significa?

Becca vio otro destello de sus dientes blancos y rectos a la luz del amanecer.

—Ni siquiera yo estoy muy seguro. Es simplemente un apodo que me puso un... un amigo.

Ella comenzó a alejarse.

—Bien, gracias, Mish —se detuvo—. Seguramente deberíamos... quedar para hablar esta mañana — añadió con torpeza.

—Cuando quieras —contestó él con sencillez—. Ya sabes dónde encontrarme.

CAPÍTULO 4

El teniente Lucky O'Donlon estaba sentado a la mesa del rincón de atrás, en una parte desierta de una cafetería de la calle Water, en Wyatt City, Nuevo México, acabando de desayunar.

Se había despertado esa mañana después de una siesta de diez minutos, había bostezado y se le habían agrietado los labios. Dios, cuánto echaba de menos el mar.

Había llegado con su equipo a Las Cruces más tarde de lo previsto. Habían conseguido un coche que no llamara la atención y cruzado el desierto, pero al llegar a Wyatt City era ya mucho más de medianoche. Lucky se había despedido de Bob y Wes, había salido del coche a más de un kilómetro de distancia de la iglesia de la Primera Avenida y había recorrido a pie el trayecto hasta el albergue.

Ahora, mientras miraba, Bobby y Wes salieron sin prisas del flamante motel recién inaugurado que había frente a la cafetería. Wes se paró a encender un cigarrillo en el aparcamiento, protegiendo la cerilla del viento con las manos. Bobby le arrancó el cigarrillo de los labios, lo tiró al suelo y lo aplastó con su enorme pie. Y, mientras Lucky los observaba, discutieron por enésima vez por la incapacidad de Wes de dejar de fumar. O más bien Wes discutía y Bobby hacía oídos sordos.

Bobby se dirigió hacia la cafetería y Wes lo siguió, rezongando todavía. Se habían duchado y afeitado y parecían mucho más frescos que él. Llevaban vaqueros y camisetas, y Wes se había calado un ajado sombrero de cowboy sobre el cabello castaño y corto. Bobby, con sus bellos rasgos de indio americano, podía pasar por un natural de Wyatt City. Wes, en cambio, parecía exactamente lo que era: Popeye el Marino con sombrero de vaquero.

—Voy a dejarlo —estaba diciendo Wes cuando entraron en la cafetería y se encaminaron hacia la mesa de Lucky—. Juro que voy a dejarlo. Pero es que ahora mismo no estoy preparado.

Bobby habló por fin:

—Cuando nos emparejan en una misión, puedo oler tu aliento a tabaco a metros de distancia. Y si puedo olerlo yo, también puede olerlo el enemigo. Si quieres matarte fumando, allá tú, Skelly. Pero no me mates a mí.

Por una vez en su vida, Wes no supo qué decir. Bobby se sentó junto a Lucky. Prefería, lo mismo que el teniente, estar de espaldas a la pared del fondo. Wes se deslizó por el asiento corrido hasta el otro lado de la mesa y se sentó de medio lado, la espalda contra la pared de espejos lateral para ver el resto del local. Las buenas costumbres eran difíciles de desarraigar.

Pero también las malas. Bobby tenía razón en lo del tabaco. Cuando iban en grupo, el olor de un cigarrillo fumado seis horas antes podía ponerlos a todos en peligro.

Bobby miró a Lucky.

—Caray, apestas, teniente.

—Y vosotros tenéis pinta de haberos dado una buena ducha después de haber dormido a pierna suelta toda la noche.

—La habitación era muy agradable, gracias.

—Sí, estoy deseando verla desde una posición horizontal y con los ojos cerrados —respondió Lucky. Pero, por desgracia, eso tendría que esperar.

No había ido a la iglesia a dormir. Había ido a inspeccionar el lugar minuciosamente y averiguar todo lo que pudiera sobre el albergue. Había pasado casi toda la noche charlando con los empleados, averiguando cómo funcionaba el sistema.

—El albergue lo lleva la parroquia —les contó a Bob y Wes—. Las únicas normas son nada de drogas, alcohol, armas, ni mujeres en las instalaciones. Y los hombres tienen que estar fuera del edificio y del barrio antes de las ocho de la mañana, porque el edificio se utiliza también como guardería a partir de las nueve menos cuarto.

—¿Alguien recordaba haber visto a Mitch? —preguntó Wes.

Lucky meneó la cabeza.

—No. Y no guardan registros de las personas que utilizan el albergue. Lo que sí tienen son registros de los voluntarios que trabajan en los distintos turnos. Uno de vosotros va a tener que entrar en la oficina de la iglesia y sacar un listado de las señoras que trabajan como voluntarias en la parroquia. Tenemos que averiguar quién estaba de guardia la noche en que Mitch pudo estar allí.

Wes señaló a Bobby.

—Que vaya él. Las señoras de parroquia me dan urticaria.

Bobby se encogió de hombros.

—Voy yo si tú dejas de fumar.

—Madre mía —Wes se echó hacia delante y apoyó la cabeza sobre la mesa—. Está bien —dijo, la voz amortiguada por los brazos—. Yo dejo de fumar y tú mantienes alejadas de mí a las feligresas.

Bobby se volvió hacia Lucky.

—Luke, he estado pensando que si Mitch llegó al albergue disfrazado...

—Sí, yo también lo he pensado —Lucky hizo una seña a la camarera para que volviera a llenarle la taza de café.

La camarera sirvió también café a Bob y Wes, y les dijo que volvería un minuto después para tomar nota de su pedido. Lucky esperó a que se marchara para continuar:

—Seguramente no vamos a encontrarlo si no quiere que lo encontremos.

—Si es que está vivo —comentó Wes lúgubremente.

Lucky bebió un sorbo de café caliente y sintió cómo lo quemaba por dentro hasta llegar el estómago.

—¿Llegasteis a conocerlo bien el año pasado, cuando trabajamos con el almirante Robinson?

Bobby miró a Wes, y Wes miró a Bobby. Los hombres que, como ellos, eran compañeros desde hacía años, podían mantener conversaciones enteras con una sola mirada.

—No mucho —reconoció Bobby—. Era bastante reservado.

Wes volvió a mirarlo.

—Cuando no estaba con Zoe Lange.

—Zoe Robinson, ahora —Bobby suspiró al recordarlo—. Siempre tuve la sensación de que Mitch estaba colado por ella.

—¿Ya ha dado a luz? —preguntó Wes—. Nunca pensé que una embarazada pudiera ser tan sexy hasta que vi preñada a Zoe.

—Todavía le quedan unas cuantas semanas —Lucky miró a Bobby e hizo girar los ojos, exasperado. Solo a Wes se le ocurriría referirse a la esposa de un almirante diciendo que estaba «preñada»—. ¿Os importa que no nos distraigamos? Concentrémonos en Mitch Shaw. Yo tampoco lo conozco muy bien.

—Daba un poco de miedo —comentó Wes.

—Jake Robinson confía en él —señaló Bobby, y miró a Wes con el ceño ligeramente fruncido—. Y no hables de él en pasado, por favor.

—De acuerdo —Lucky señaló a Bobby—. Tú ve a hacerte amigo del personal de administración de la iglesia —señaló a Wes—. Y tú siéntate delante del ordenador y busca toda la información que puedas sobre Mitchell Shaw. Quiero saber dónde se crio, cuál era su apodo en el curso de entrenamiento, qué condecoraciones tiene, su verdura y su color preferidos. Quiero saber todo lo que pueda saberse sobre ese tipo.

Bobby se levantó.

—Compraré un dónut al salir —se sacó del bolsillo la llave de la habitación y la puso en la mesa, delante de Lucky—. Supongo que querrás esto.

—Sí, aunque no voy a usarla. Voy a ir a echar un vistazo al barrio del albergue, a ver si algún tendero recuerda haber visto a Mitch. Y me pasaré también por los bares en cuanto abran.

—Perdona que te lo diga, jefe, pero estás hecho un asco —dijo Bobby—. Quizá convendría que durmieras unas horas.

—Dentro de doce horas hay que informar al capitán —les recordó Lucky—. Y no me apetece decirle lo mismo que esta mañana: que estamos aquí, pero que no tenemos ni una sola pista —se levantó del asiento y dejó dinero sobre la mesa para pagar el desayuno—. Voy a darme una ducha rápida, pero no tengo tiempo para más. Nos vemos en el motel a la una.

—Dios, y yo que quería tomar un buen desayuno... —Wes miró con anhelo la foto de unos huevos revueltos con jamón que mostraba la carta y se levantó.

—Te invito a un superdesayuno para llevar —dijo Bobby—, si me cambias tu misión.

—¿Buscar en Internet, en vez de pegar la hebra con un par de santurronas? —Wes meneó la cabeza—. No tengo tantas ganas de desayunar.

Los Alden se marchaban.

Mish dijo adiós con la mano a Chip mientras la furgoneta se alejaba por el largo camino de acceso al rancho. Estaban abrumados por lo sucedido esa noche. Sus vacaciones habían acabado, le había dicho Ted Alden al darle las gracias otra vez. Además, querían llevar a Chip a su médico de cabecera, en Nueva York, para que le echara un vistazo.

—¿Estás completamente loco?

Mish se volvió y vio a Becca tras él. Sostenía en la mano un trozo de papel.

Mish se apartó al reconocer el cheque por una cifra exorbitante que Ted Alden le había puesto en la mano al decirle adiós. Un regalo de agradecimiento, lo había llamado.

—¿Cómo has podido rechazar esto? —preguntó Becca, poniéndose delante de él con el maldito cheque todavía en la mano.

No podía explicarle que le repugnaba la idea de aceptar

dinero por salvar la vida de un niño, sobre todo teniendo en cuenta las horribles pesadillas que seguían atormentándolo y que le hacían preguntarse si no habría conseguido el fajo de billetes que llevaba encima matando gente.

—No me metí en el río para sacar a Chip porque quisiera una recompensa —le dijo—. Lo hice porque me caía bien el chico —sacudió la cabeza. No, tampoco era eso exactamente—. Mira, lo habría hecho aunque no me hubiera caído bien. Simplemente... lo hice, ¿de acuerdo? No quiero el dinero de Alden. Me ha dado las gracias y con eso me basta.

Se dirigió al establo. Había caballerizas que limpiar y otras tareas que hacer. Esa mañana había empezado tarde y se movía más lentamente que de costumbre, por culpa del trozo de poste que lo había golpeado en el río. No creía tener la costilla rota, pero era probable que se le hubiera astillado. En todo caso, no podía hacer gran cosa al respecto. Había sacado una venda del botiquín del establo y se había vendado el costado, pero había servido de poco. Le dolía, pero el dolor se iría disipando con el tiempo.

Becca lo siguió. Una brisa repentina la hizo agarrarse el sombrero de cowboy.

—¡Casey! Mish... ¡Dios mío, este cheque es por cien mil dólares! Para Ted Alden eso es calderilla. Tiene dinero a montones en Wall Street. Pero para alguien como yo o como tú... No puedes decir «no, gracias» y perder una oportunidad así.

Mish se paró en seco y Becca estuvo a punto de chocar con él.

—Tiene gracia. Creía que ya lo había hecho.

Ella se quedó allí, mirándolo perpleja, como si intentara adivinar sus pensamientos.

—Le prometí a Ted que intentaría convencerte de que lo aceptes.

—Pues vas a tener que incumplir tu promesa, porque no lo quiero —repitió Mish. Intentó quitarle el cheque con intención de romperlo, pero ella lo retiró, poniéndolo fuera de su alcance.

—¡Ni se te ocurra! Voy a guardármelo mientras te lo piensas. Tómate todo el tiempo que necesites.

Mish se volvió hacia el establo, exasperado.

—No necesito tiempo. Ya me lo he pensado. Tendrás que devolvérselo.

Becca entró tras él en el establo.

—Si tuvieras tanto dinero, no tendrías que trabajar aquí, no tendrías que pasarte el día sacando estiércol.

Él la miró mientras recogía la pala y empezaba a trabajar, intentando ignorar la punzada de dolor de su costado.

—¿Me estás despidiendo?

—¡No! —contestó ella de inmediato—. No lo he dicho por eso. Necesito que te quedes, nos falta personal. Y además... —se aclaró la garganta—. Me gustaría que te quedaras.

Mish no dejó de limpiar la caballeriza, pero no pudo evitar mirarla de nuevo. Becca llevaba vaqueros y una camisa de manga larga desabrochada, encima de una camiseta. La camisa ocultaba las suaves curvas de su cuerpo, pero Mish no necesitaba verlas para saber que estaban ahí. Esa noche, se había amoldado perfectamente a sus brazos. Demasiado, quizá. Sus ojos marrones oscuros lo miraban fijamente, y Mish comprendió que podría perderse en ellos con toda facilidad. Lo miraba como si fuera una especie de héroe. Y Mish supo de pronto que su negativa a aceptar aquel dinero lo había hecho crecer a sus ojos. «Maldita sea».

—Si quieres quedarte, claro —añadió ella, ruborizándose—. Ya sabes, solo... un tiempo.

Mish se obligó a desviar los ojos, hizo un esfuerzo por olvidar que no recordaba la última vez que se había acostado con una mujer. Todo lo sucedido antes del lunes era una página en blanco. Y sin embargo sabía de algún modo, como sabía la talla de sus pantalones, que hacía mucho tiempo que no estaba con una mujer. Muchísimo tiempo.

Y encontraba a Becca terriblemente atractiva. Esa mañana, cuando el sol despuntaba en el horizonte, ella había rechazado su ofrecimiento de acompañarla a la cabaña. Había hecho bien. Mish no entendía cómo se le había ocurrido ofrecerse. Becca estaba pasando por un torbellino de emociones y sin duda era vulnerable.

Él, por su parte, se había pasado toda la mañana pensando en lo que podía haber ocurrido. Había sido pura suerte que la corriente arrastrara a Chip directamente a sus brazos. Pura suerte que el niño no hubiera muerto. La raya que separaba lo que había ocurrido de lo que podía haber ocurrido era finísima. Habían esquivado la tragedia por los pelos. Y, más tarde, el propio Mish se había hallado emocionalmente al borde de un abismo. Ahora sabía lo que la noche anterior solo había sospechado: que no habría hecho falta gran cosa para que el amigable consuelo que le había ofrecido a Becca se convirtiera en algo totalmente distinto. Si la hubiera acompañado a casa y ella lo hubiera invitado a entrar, habría besado su dulce boca. Y si la hubiera besado...

Se concentró en el trabajo que estaba haciendo, intentando disipar la vívida imagen de lo que podría haber sucedido si hubiera besado a Becca. No podía pensar así. No estaba bien.

No podía decirle la verdad, aunque había veces en que ansiaba confesárselo todo. Pero no podía. Con solo pensarlo se apoderaba de él un desasosiego aplastante. Sabía de algún modo que no debía hablar con nadie de aquello, de por qué estaba allí. No podía arriesgarse a desvelar demasiado, no podía delatarse. Pero ¿por qué? No se acordaba, pero sentía que debía guardar el secreto. No podía contárselo.

Y ya la había engañado una vez al convencerla de que podía hacer el trabajo de un mozo de rancho, durante esa entrevista telefónica que no recordaba. No quería volver a engañarla liándose con ella. Al menos, hasta que supiera con toda seguridad quién era. Y tal vez ni siquiera entonces.

Aquella mujer no querría tener nada que ver con un delincuente. Y era probable que él fuera un expresidiario, como mínimo, si había algo de verdad en lo que había soñado.

Sin embargo, cuando lo miraba como lo había mirado hacía unos segundos, le parecía muy fácil olvidarse de su resolución de mantener las distancias. No le costaba lo más mínimo imaginársela derritiéndose en sus brazos al tumbarse con ella allí mismo, sobre el heno fresco y fragante que acababa de esparcir por el suelo de la caballeriza y...

Cielo santo, sí, hacía demasiado tiempo que no se acostaba con nadie.

Pero Becca quería que fuera un héroe y eso iba a ser. Porque no acercarse demasiado a ella le parecía un acto de heroísmo.

Ella miró el cheque que todavía tenía entre las manos. Se había sonrojado ligeramente, como si hubiera adivinado lo que estaba pensando.

—No entiendo por qué quieres seguir trabajando por un salario de miseria si alguien está dispuesto a darte tanto dinero.

Mish se encogió de hombros y dejó la pala en el suelo.

—El dinero no lo es todo —agarró la carretilla para sacarla del establo. Pasó tan cerca de Becca que sintió una ráfaga del mismo perfume fresco que había respirado la noche anterior, mientras la abrazaba. Dios mío, qué bien olía. Se alejó de ella rápidamente, inclinándose hacia la carretilla cargada de estiércol para exorcizar aquel perfume y se dirigió a la puerta trasera del establo.

—Puede que no lo sea todo, pero casi —replicó ella, siguiéndolo fuera—. Si yo tuviera tanto dinero... —se interrumpió—. Mish, por favor, al menos deberías pensártelo. Puede que sea la oportunidad que necesitas.

Él entornó los párpados para defenderse del sol radiante de la mañana y llevó la carretilla hasta el montón de estiércol que había a cierta distancia del establo. Le dolía el costado con cada paso que daba.

—Darme este trabajo fue la oportunidad que necesitaba —respondió—. Aunque eso es asumir que necesitaba una oportunidad, claro.

—Llegaste aquí con una muda debajo del brazo, sin cartera ni documentación —señaló ella—. Aceptaste un trabajo muy mal pagado. Esto no es el cine. Estoy convencida de que no eres una especie de millonario excéntrico disfrazado.

Mish miró hacia atrás.

—¿Y si lo soy?

Becca se rio. Sus ojos brillaron, divertidos. Tenía unos ojos preciosos.

—Si lo eres, ¿por qué diantre estamos hablando mientras cargas estiércol con el calor que hace? Podríamos tomarnos un descanso y marcharnos a cenar a tu restaurante favorito en París. Porque, si puedes permitírtelo, siempre he querido montar en el Concorde.

Estaba bromeando, pero había algo de verdad en sus palabras. Quería cenar con él. Mish lo veía en sus ojos. Vació la carretilla. Se sentía contento... e idiota. No quería gustarle a Becca. No podía desear gustarle. Y sin embargo se alegraba de que así fuera.

—Lo siento, creo que he extraviado mi tarjeta.

—Ajá —dijo ella con otra sonrisa—. Lo cual demuestra que, aunque seas un millonario disfrazado, necesitas que te echen un cable.

Tenía una sonrisa tan bonita que era imposible no sonreír al verla. Mish sintió que empezaba a perder pie. No solo le gustaba a Becca. Quizá no recordara su propio nombre, pero conocía a las mujeres. Y a aquella le interesaba, con i mayúscula. Si la estrechaba en sus brazos y bajaba la cabeza, ella le ofrecería la boca para que la besara. Y aunque acostarse con ella en el suelo del establo en pleno día era un disparate, la idea de pasar la noche en su cama en un futuro no muy lejano no le parecía tan descabellada.

Pero ella quería un héroe. Así que, en lugar de acercarse, Mish dio un paso atrás.

—Sí, necesito que me echen un cable —contestó—. Y el hecho de que dejes que me quede a pesar de saber que te mentí es...

—No me mentiste —afirmó ella, acercándose.

Mish vio las pecas que salpicaban su nariz y sus mejillas. Estaba tan cerca que vio la mezcla de verde, dorado y castaño oscuro de sus ojos.

—Nada de eso. He mirado tu expediente, las notas que tomé cuando hablamos por teléfono. Omitiste alguna información, desde luego, pero yo no pregunté, así que en realidad no me mentiste. Me dijiste que eras un operario de mantenimiento y que habías trabajado en algunos ranchos. Mi error fue dar por sentado que también podrías ocuparte de los caballos.

Su expediente. En el despacho de Becca había una carpeta que llevaba su nombre. Era muy posible que esa carpeta contuviera su última dirección conocida y su número de teléfono. Debía de tener ropa y algunas pertenencias en alguna parte, ¿no? Si conseguía encontrarlas, tal vez empezara a recordar quién y qué era.

—Yo tampoco fui del todo sincera contigo —prosiguió ella—. No te dije que tu salario inicial no iba a aumentar en un futuro cercano. El dueño del Lazy Eight no es muy partidario de los aumentos salariales.

—El dinero que me pagáis me basta por ahora —Mish empujó la carretilla de nuevo hacia el establo. No había acabado de limpiar las caballerizas y ya casi era la hora de la comida. Iba a tener que apretar los dientes y apretar el paso, aunque le doliera el costado.

Sonó el buscapersonas de Becca y ella le echó un vistazo y lo apagó.

—Perdona, me llaman por teléfono —se dirigió hacia la oficina caminando de espaldas—. ¿Por qué no dejas que esta noche te invite a una copa después de la cena? Para darte las gracias. Hay un bar a unos veinte kilómetros por la carretera. No está muy lejos. Y los jueves por la noche toca una banda estupenda.

Acababa de invitarlo a salir.

Mish había creído que estaría a salvo mientras guardara las distancias y no hiciera ninguna locura como invitarla a cenar o a tomar una copa. Pero debería haber sabido que Rebecca Keyes no era de las que se quedaban esperando de brazos cruzados si quería algo.

—Eh... —dijo, pero ella no le dio oportunidad de buscar una excusa para no herir sus sentimientos.

—Tengo que irme —le dijo con otra de esas sonrisas que lo hacían estremecerse—. Luego hablamos.

Y se marchó. Mish, por su parte, comenzó a barajar de nuevo distintas posibilidades. ¿Y si salía con ella? Becca solo quería tomar una copa. A fin de cuentas no lo había invitado a su casa a pasar la noche, ¿no? Así que ¿y si iba? Tendría oportunidad de sentarse frente a ella en un bar en penumbra. Podría contemplar sus ojos mientras hablaban.

Mientras ella le preguntaba por su vida. De dónde era. Dónde había trabajado antes. Preguntas sobre su familia. Su infancia. Sus aficiones. Sus exnovias. Su novia actual...

Santo cielo, ¿y si estaba casado? ¿Y si tenía mujer e hijos en alguna parte y no se acordaba?

Claro que era muy posible que, si estaba casado, su mujer lo hubiera abandonado mientras estaba en prisión.

Sacudió la cabeza y, al empezar a sacar el estiércol de otra caballeriza, casi se alegró de que le doliera el costado.

Sí, era un héroe en toda regla.

CAPÍTULO 5

Mish carraspeó.

—Disculpe, ¿está Becca?

Hazel, la mujer de cabello canoso que trabajaba media jornada en la oficina del Lazy Eight, apartó la mirada de su ordenador y le sonrió.

—Ah, hola, Casey. Sí, está al fondo. ¿Quieres que la avise?

—No —contestó él.

En alguna parte, en aquella oficina, había un expediente a su nombre. ¿Estaba en la cajonera de debajo de la ventana del fondo, o en la que había junto al ordenador?

—Gracias, pero no hace falta si está ocupada.

—No está ocupada. ¡Becca! —gritó Hazel, y se volvió hacia Mish—. Ha llegado un paquete para ti —le dijo.

Mish se volvió de las cajoneras. ¿Un paquete para él?

—Pone «entregar cuando llegue» —prosiguió ella, levantándose—. Pero como ya estás aquí, puedo dártelo, ¿no? —sacó un pequeño sobre acolchado de una estantería con compartimentos para el correo y lo deslizó por el mostrador hacia él.

Un paquete.

Mish lo recogió y le dio la vuelta. No parecía haber gran cosa dentro. Tampoco llevaba remite. Solo ponía «Casey Parker» y la dirección del rancho escrita en grandes letras ligeramente infantiles. La letra, mayúscula y descuidada, no le sonaba de nada. Claro que un par de días atrás tampoco le sonaba de nada su cara. El sobre llevaba matasellos de Las Cruces , la ciudad más próxima a Wyatt City, donde se había despertado en un albergue para indigentes. ¿Sería una coincidencia? Quizá.

O quizá no.

—Ah, hola, Mish. ¿Has tenido correo? —Becca salió del despacho de atrás y le sonrió. Saltaba a la vista que se alegraba de verlo.

—Eh, sí —Mish inclinó la cabeza mirando a Hazel—. Gracias.

—¿Algo interesante? —Becca se inclinó sobre el mostrador sin dejar de sonreírle.

—No, qué va —se encogió de hombros mientras se guardaba el paquete bajo el brazo—. Es solo información fiscal que me manda mi contable. Sobre mi cartera de acciones, ya sabes.

Ella se echó a reír.

—Ah, claro.

A Mish se le había acelerado el corazón al pensar en lo que podía encontrar dentro de aquel sobre marrón de aspecto inofensivo, pero esperaría a estar en el barracón para abrirlo. No lograba imaginar qué podía contener ni por qué creía necesario abrirlo a solas, pero tampoco había sospechado que encontraría un gran fajo de billetes y una pistola del calibre 22 dentro de su bota.

—Esto va a estar muy tranquilo esta noche —comentó

Becca con la barbilla apoyada en las manos—. Si quieres, podemos irnos a las seis y cenar fuera, ya que salimos...

A Mish se le aceleró el pulso, pero se dijo que era por el paquete. Aunque tal vez fuera por la sonrisa que le lanzó Becca.

Sería tan fácil decirle que sí... Era lo que deseaba y, además, así no la humillaría, ni se llevaría una desilusión por su culpa. A nadie le hacía gracia sufrir un rechazo, aunque fuera un rechazo con mucho tacto y la mejor de las intenciones.

Miró a Hazel, que se había puesto a trabajar otra vez con el ordenador.

—La verdad... —bajó la voz y Becca se inclinó hacia él para oírle, tan cerca que Mish volvió a sentir aquel perfume dulce y sutil. De pronto, sin embargo, se dio cuenta de que no era perfume. Era su pelo lo que olía así. Su champú. Y era mucho más lógico que así fuera. Becca no parecía una mujer capaz de ponerse unos vaqueros desgastados y una camiseta, aplicarse protector solar en la cara y, a continuación, rociarse con perfume caro para pasar el día trabajando en el rancho.

—¿La verdad qué? —su voz sonó aterciopelada, y Mish se dio cuenta de que llevaba un rato mirándola y aspirando su dulce olor.

Sus cabezas estaban muy cerca. Tan cerca que casi podían besarse. Por suerte estaba en medio el mostrador. Si no, tal vez la hubiera estrechado en sus brazos, y al diablo con Hazel y con sus buenas intenciones.

Si no hubiera perdido ya por completo el hilo de sus pensamientos, lo habría perdido cuando Becca miró su boca. Ella levantó rápidamente la vista, pero se había delatado. Su gesto podía haber sido sutil, pero también era inconfundible. Quería que la besara.

Y él deseaba...

Deseaba sumergirse en la serenidad de sus bellos ojos. Quería ocultarse de su turbio pasado, fuera cual fuese. Quería...

—Tiene gracia, ¿verdad? —dijo ella en voz baja—. Cuando una atracción es tan fuerte como esta —se rio, incrédula—. Porque, ¿de dónde sale? ¿Por qué parece tan natural? Mike Harris, un vaquero que trabajó aquí hasta hace un par de semanas, me pidió salir cinco veces, más o menos. También era guapo, como tú, pero... —meneó la cabeza—. Teníamos mucho en común, pero no había química. Me pareció mal momento. No sabía si quedarme aquí o empezar a mandar currículums, pero eso no ha cambiado. Todavía intento saber qué hacer con mi vida. Sigue siendo mal momento. Y sin embargo... —forzó una sonrisa nerviosa, tan trémula por su cercanía como él por la suya—. Aquí estoy, invitándote a cenar. Imagínate, ¿eh?

Mish logró recuperar el habla.

—Para mí también es mal momento, Becca. Lo es de verdad.

Becca miró a Hazel, que parecía completamente absorta en la información que aparecía en su pantalla.

—Tengo un millón de cosas que hacer antes de irme hoy. ¿Qué te parece si retomamos esta conversación dentro de unas horas y...?

Mish se obligó a erguirse y a apartarse.

—Creo que lo mejor será que esta noche me quede aquí, en el rancho.

Miró hacia el suelo para no tener que ver su cara. Ella también se incorporó.

—Ah —dijo en voz baja—. ¿Tan mal momento es entonces?

—Sí, lo siento —lo sentía de verdad. Sabía que era hora de salir de allí pitando, pero cometió el error de levantar los ojos. Y cuando vio aquella mezcla de vergüenza, desilusión y tristeza en los ojos de Becca, se quedó paralizado. Abrió la boca de nuevo.

—Además... me vendría bien acostarme temprano esta noche —le dijo—. Me hice daño en el río y...

Error. Había metido la pata y se dio cuenta nada más salir las palabras de su boca. Porque, al enterarse de que se había hecho daño, Becca no iba a reaccionar diciendo: «Vaya, qué lástima. Espero que te mejores. Nos vemos mañana».

—No es nada, en realidad —se apresuró a añadir—. Solo una costilla astillada.

—¿Solo? —lo miró como si acabara de anunciar su intención de cruzar el Pacífico en una canoa—. Dios mío, Mish, ¿por qué no me dijiste anoche que estabas herido? ¡No has dicho nada!

—Estoy bien —afirmó, maldiciéndose para sus adentros, aunque en el fondo disfrutara en parte al ver sus ojos abiertos de par en par por la preocupación—. Un trozo de madera me golpeó cuando estaba en el agua. Como te decía, no es más que...

—Una costilla astillada —concluyó ella con expresión de incredulidad—. Sé lo que duele una costilla astillada, amigo mío, y lo siento, pero no es cosa de poca importancia —subió la parte del mostrador que se abría para dar paso al otro lado—. Sube a la camioneta. Voy a llevarte al hospital.

—¡No! —no podía ir al hospital. Si un médico o una enfermera examinaba atentamente la herida de su cabeza...

Ella pareció sorprendida por su vehemencia. Hasta Hazel levantó la mirada. Mish compuso una sonrisa.

—Ya sabes que lo único que hacen es ponerte un vendaje, y eso ya lo he hecho.

«Comportémonos como adultos», parecía decirle su tono.

Pero Becca estaba preocupada.

—¿Cómo sabes que no la tienes rota? Sé de gente a la que una costilla rota le ha perforado los pulmones...

—No está rota —contestó Mish levantando la voz—. Lo sé porque tengo conocimientos médicos.

Su afirmación le sorprendió tanto como a ella. Conocimientos médicos. Las palabras se le habían escapado sin pensar. Dios santo, ¿era posible que de verdad fuera médico? ¿O solo era un consumado mentiroso?

Fuera lo que fuese, había logrado distraerla y hacer que se olvidara momentáneamente de llevarlo al hospital.

—Mira, solo estoy un poco magullado —continuó, aprovechando su ventaja—. Se me pasará con una buena noche de sueño.

Becca seguía sin parecer muy convencida.

—Ojalá me lo hubieras dicho anoche.

—Debería habértelo dicho —reconoció él—. Tienes razón, pero... sabía que no era grave. Tú ya tenías suficientes preocupaciones y... —tuvo que meterse las manos en los bolsillos de atrás para no alargar la mano y tocarla—. No me hagas ir al hospital, Bec. Estoy demasiado cansado como para pasar horas sentado en la sala de espera y... —sacudió la cabeza—. Venga, por favor.

Ella exhaló un profundo suspiro, como si tomara una decisión difícil.

—Déjame verla.

Mish parpadeó, sorprendido.

—¿Qué?

—Ya me has oído —contestó ella con brusquedad, y señaló hacia el mostrador abierto y la puerta que había detrás—. Entra en el despacho si te da vergüenza o enséñamela aquí. Quítate la camiseta y deja que vea el golpe.

No estaba bromeando.

—Parece peor de lo que es —le dijo él—. Está muy amoratado, con ese aspecto de arco iris, ya sabes. Amarillo, verde y morado...

—¿Ahora está muy amoratado? Creía que era un golpecito de nada.

—Bueno, sí. En comparación con otros golpes que me he dado, quería decir. Ya sabes. Los he tenido peores —que el cielo se apiadara de él, estaba parloteando sin ton ni son.

Becca cruzó los brazos.

—Entonces, ¿a qué esperas para enseñármelo, Parker?

Esa mañana había conseguido ponerse la camiseta con mucho esfuerzo, pero quitársela (sobre todo después de pasar el día forzando sus músculos) iba a ser casi imposible. O terriblemente doloroso. O las dos cosas a la vez.

—Creo que no puedo quitarme la camiseta —reconoció—. Pero estoy bien, ¿de acuerdo? Solo tengo una... una ligera molestia cuando levanto los brazos por encima de los hombros.

Se quedaba muy corto, y Becca lo sabía. Sacudió la cabeza, exasperada.

—Deberías haberte puesto una camisa que se abroche por delante.

—Sí, bueno, el mayordomo debe de haberlas mandado todas al tinte —podía hacer una broma, pero le daba vergüenza reconocer que no tenía ninguna camisa. Sintió que se sonrojaba. ¿Qué clase de hombre era el que solo poseía un par de camisetas, cuatro calzoncillos y dos vaqueros? Confiaba en recuperar la memoria y encontrar el armario donde guardaba su ropa, pero estaba claro que eso no iba a suceder en un futuro inmediato. Y obviamente la persona que le había enviado aquel paquete no había metido dentro su vestuario.

Tendría que ir al pueblo y gastar un poco más del dinero que había encontrado en su bota. Solo esperaba que de verdad fuera suyo.

Becca le puso la mano en el brazo. Mish sintió el frescor de sus dedos sobre la piel.

—Lo siento —dijo en voz baja, y apretó ligeramente antes de retirar la mano—. No quería parecer...

—No —la interrumpió él—. No pasa nada.

—Tengo un par de camisas que puedo prestarte. De algunos de mis exnovios —explicó con una sonrisa remolona. Levantó la voz y se volvió hacia el mostrador—. Perdona, Hazel, ¿todavía tienes esas tijeras tan grandes?

Hazel abrió el cajón de arriba de su mesa.

—Pues sí, aunque parezca un milagro.

—¿Me las dejas, por favor?

—Claro —Hazel se acercó con las tijeras. Sus ojos delataban su curiosidad—. ¿Qué ocurre? ¿Vas a cortarle el pelo a nuestro héroe?

—No. Me gusta largo —Becca le sonrió—. No te muevas, por favor, Mish.

Le sacó la camiseta de los pantalones y rozó con los dedos su vientre. Mish dio un respingo. ¿Qué demonios...?

—Estate quieto, por favor —insistió ella mientras blandía las tijeras.

—¿Qué...?

—Voy a quitarte esto —volvió a agarrar la camiseta y

empezó a cortar. Las tijeras tenían el filo tan embotado que no cortaban la tela.

Hazel se echó a reír.

—Rebecca, tesoro, para todo hay un momento y un lugar, pero...

—Anoche se hizo daño —le dijo Becca tajantemente—. Lo golpeó un madero que arrastraba el río cuando se lanzó a por Chip.

—No era un madero muy grande...

—Y ahora tiene molestias —lo miró con enfado—. Cree que se ha astillado una costilla y acaba de decírmelo. Ahora mismo. Horas y horas después. No puede quitarse la camisa porque le duele, así que voy a cortarla para ver el golpe.

—Bueno, supongo que es lógico, pero si entra alguien...

—Hazme un favor, Hazel —dijo Becca—. Corre a mi cabaña. En el armario, hacia el fondo, hay un par de camisas grandes. Una es roja. Ve a traerla, por favor.

—¿Bromeas? ¿Y perderme esto?

—Ve, por favor —por fin logró cortar el dobladillo de la camiseta y dejó las tijeras sobre el mostrador. Agarró el paquete que sujetaba Mish y lo dejó junto a las tijeras.

—¿Queréis que cierre la puerta al salir? —Hazel se lo estaba pasando bomba. Miró a Mish y guiñó un ojo—. ¿Sabes?, hace muchísimo tiempo que Becca no le corta la camiseta a un vaquero. Deberías sentirte honrado. Esto no lo hace con nadie.

—Hazel —Becca cerró los ojos—. Vete ya —sacudió la cabeza cuando se cerró la puerta, pero esquivó la mirada de Casey—. Perdona, no quería avergonzarte. ¿En qué lado está?

¿En qué lado...?

—Me da miedo cortarte con las tijeras, así que voy a rasgar la camiseta, al menos hasta el cuello. Pero no quiero darte en la costilla rota.

—Astillada —puntualizó Mish—. En el lado izquierdo —fue a agarrar la camiseta por el lado del corte—. Puedo hacerlo yo.

Pero las manos de Becca ya estaban allí. Rasgó el algodón hacia arriba rápidamente, pero con cuidado.

El ruido que hizo la tela al rasgarse resonó con fuerza en la habitación en silencio. Era un ruido peligrosamente erótico. Sonaba a impaciencia y evocaba una intensa pasión. Estaban solos, y aquella mujer a la que tanto deseaba le estaba arrancando literalmente la ropa. De pronto se acaloró y el deseo que tan cuidadosamente había ocultado cobró vida como una llamarada.

Le costaba tragar saliva, le costaba respirar. Ella rozó con los dedos su pecho desnudo al tirar de nuevo de la tela para rasgarla hasta el cuello. Él intentó en vano refrenar su excitación mientras para sus adentros se reía de lo absurdo que era todo aquello.

Becca estaba tan cerca que podía besarla, ¡y cuánto lo deseaba! Quería apretarla contra sí para que sintiera su excitación. Quería que lo rodeara con sus piernas, y al diablo la costilla astillada.

No hizo nada, sin embargo. Se quedó perfectamente quieto, las manos junto a los costados, y se obligó a no tocarla. El esfuerzo le hizo sudar.

Ella dejó escapar una exclamación de desaliento al ver los colores del hematoma, que se extendía más allá del vendaje. Tomó de nuevo las tijeras y comenzó a cortar con esfuerzo la tela más gruesa del cuello de la camiseta. Tuvo que acercarse más a él. Apretó el muslo contra el suyo. Sus pechos rozaron el torso de Mish. Él cerró los ojos y sintió que una gota de sudor corría por su cara. Rezaba por que acabara pronto. Estaba intentando portarse bien, pero no era un santo.

Ella consiguió por fin cortar la tela. Mish abrió los ojos cuando se retiró y oyó el ruido de las tijeras al caer sobre el mostrador. Su calvario, sin embargo, no había terminado aún. Becca volvió a acercarse y comenzó a apartarle la camiseta de los hombros.

—No levantes los brazos, ni intentes ayudarme —le ordenó con voz suave.

Sus manos parecían muy frescas sobre la piel ardiente de Mish. Le bajó la manga del brazo derecho, tocándolo todo el tiempo, y luego le quitó el resto de la camiseta por el izquierdo. Mish se quitó el vendaje apartándose un poco de ella y se preparó para lo peor.

—Dios mío, ¿a eso lo llamas tú un moratón de nada...? —preguntó ella, pasmada. Pero, a pesar de todo, tenía lágrimas en los ojos.

—Ya te he dicho que parece peor de lo que es —«por favor, Dios, que no se ponga a llorar». Si se ponía a llorar, no podría evitar abrazarla.

Ella parpadeó con determinación.

—Tiene que haberte dolido a rabiar. Te duele todavía solo de estar de pie, ¿verdad?

Estaba enfadada con él, y aunque la rabia era preferible a las lágrimas, tal vez acabara llevándolo al hospital si no se andaba con cuidado.

—Te juro que no es para tanto, Becca —dijo él con calma y toda la naturalidad de que fue capaz—.

—¿Qué me dices de este sudor frío, entonces? —tomó con el dedo una gota de sudor que corría por su cara y se la enseñó triunfante.

Pero aquello no era sudor frío, sino caliente. Muy, muy caliente. Claro que eso era mejor que no lo supiera.

—No puedo creer que hayas estado todo el día trabajando —añadió ella—. No puedo creer que me haya quedado de brazos cruzados viéndote sacar el estiércol de las caballerizas, sin tener ni idea de que estabas herido —estaba tan enfadada que le temblaba la voz. Cruzó hasta un extremo del despacho, abrió uno de los cajones y sacó una llave—. Ahora mismo vas a sacar tus cosas del barracón y a instalarte en la cabaña doce. Pondré en los libros que está reservada. Es toda tuya hasta fines de la semana que viene. Después, si hay huéspedes, tendrás que dejarla, aunque dudo que los haya. Hasta dentro de un mes y medio no están todas las cabañas reservadas —dejó la llave enérgicamente sobre el mostrador, delante de él—. También te doy una semana libre.

Él abrió la boca y Becca levantó la mano.

—Con paga —añadió tan rotundamente como si acabara de anunciarle que iban a darle veinte latigazos—. Si dentro de una semana te sigue molestando para moverte, te daré otra semana, pero primero tendrás que ir a que te vea el médico del pueblo. ¿Te parece justo?

—Agradezco tu generosidad —le dijo Mish—. Pero no es justo. Para ti no lo es. Ya te falta personal.

Pareció sorprendida, como si no esperara que se parara a pensar en eso.

—Yo me haré cargo de tus tareas.

—¿Además de tu trabajo?

Era una locura y ella lo sabía.

—Llamaré... llamaré a Rafe McKinnon. Me dijo que iba a pasar unos días en casa de sus hermanos antes de empezar a buscar trabajo en el norte. Le daré ese aumento que quería. Volverá en un abrir y cerrar de ojos. Está loco por Belinda.

—Creía que habías dicho que el dueño no quería...

—Al diablo con lo que quiera Justin Whitlow —contestó ella con vehemencia, saliendo de detrás del mostrador—. Si no le gusta cómo dirijo su rancho, que me despida.

Con la barbilla levantada y aquel brillo en la mirada, parecía que nada podía detenerla. Si no tenía cuidado, también lo avasallaría a él.

—Lo dices como si eso fuera bueno —esbozó una sonrisa, intentó restarle importancia al asunto.

Becca lo miró con enfado.

—Quizá lo fuera. Si no me despido por cobardía, tendré que hacer que me eche él, ¿no?

—Ser cobarde y ser prudente son dos cosas distintas.

Mish ignoraba qué estaba pasando. Becca seguía allí, de pie, pero cada vez se acercaba más a él. De pronto se dio cuenta de que era él quien se estaba moviendo, quien la había arrinconado contra el mostrador. Se sentía atraído hacia ella como si fuera un imán y ella el polo magnético. Olía su pelo, veía cada peca de su nariz, vio agrandarse los iris de sus bellos y cálidos ojos cuando se inclinó hacia ella. Se obligó a detenerse a escasos centímetros de sus labios tersos y sintió una oleada de alivio. Un segundo más y la habría besado. Un centímetro más y...

Ella seguía sin moverse, pero sus labios rozaron los de él. Mish la oyó suspirar, vio que sus párpados se cerraban cuando volvió a besarla.

Porque era él quien la estaba besando. ¿Qué estaba haciendo? ¿Se había vuelto loco de remate?

Aquello era un error. Una locura. Era...

Increíble.

Su sabor era tan dulce como había imaginado, sus labios eran suavísimos. Tres besos eran suficientes. Eran demasiados. Tenía que apartarse de ella, y lo habría hecho... si ella no lo hubiera tocado. Pero no podía negarse a sí mismo el placer de sentir las manos de Becca sobre la piel desnuda de sus brazos. Y cuando subió las manos hasta sus hombros y luego hasta su nuca...

Los tres besos se convirtieron en cuatro y en cinco, y en más, y Mish perdió la cuenta, desorientado, y se perdió en la embriagadora dulzura de su boca.

La atrajo hacia sí. Se moría de ganas de tocar sus pechos, pero se conformó con sentirlos apretados contra su torso. La besó larga y profundamente, pero despacio, adueñándose por completo de su boca.

Becca le quitó la goma de la coleta y pasó los dedos por su pelo, y él comprendió de pronto la verdad.

Ni trescientos besos serían suficientes.

Tenía que dejar de besarla. Quizás aquel fuera el error más dulce que había cometido nunca, pero seguía siendo un error.

Ella deslizó las manos por su espalda y él dejó escapar un gemido. Ella se apartó de un salto.

—Dios mío —se llevó la mano a la boca—. Perdona. ¿Te he hecho daño?

Mish se quedó mirándola, extrañado. ¿Daño? Entonces se dio cuenta de que no se habría apartado si no hubiera creído que le había hecho daño en el costado. Si él no hubiera hecho aquel ruido estrangulado, ella habría seguido besándolo.

No supo si reír o llorar.

—Hay un jacuzzi junto a la piscina —le dijo Becca—.

En la cabaña principal. Quizá te encuentres mejor si pasas un rato en el agua.

—Estoy bien —Mish carraspeó—. No es para tanto, en serio.

¿Cómo era posible que unos segundos antes tuviera la lengua metida en su boca y que ahora estuvieran hablando como dos desconocidos?

Eran desconocidos.

Y él no debería haberla besado.

—Becca, de veras, tengo que...

La puerta de la oficina se abrió con un chirrido. Mish se volvió bruscamente hacia el mostrador, consciente de que no solo tenía el pecho desnudo, sino que seguía excitado.

—Uf —dijo Hazel—. Eso tiene que dolerte una barbaridad.

Mish confió en que se refiriera al hematoma de su costado.

Hazel se volvió hacia Becca.

—Perdona que haya tardado tanto. Deberías pagarme un plus de peligrosidad por haber tenido que buscar en tu armario.

—Ja, ja —Becca agarró la camisa—. Le he asignado a Mish la cabaña doce, al menos hasta fines de esta semana. Va a estar de baja unos días —se puso detrás de él y sujetó la camisa para que metiera los brazos con relativa facilidad. La suave tela de algodón olía a ella. Era como envolverse en su pelo.

Becca lo hizo volverse suavemente.

—¿Necesitas ayuda con el vendaje?

Mish miró a Hazel, que había vuelto a sentarse frente al ordenador.

—Necesito... —¿qué? ¿Desnudarla? Indudablemente. Bajó la voz y se inclinó hacia ella—. Hablar contigo. Vamos fuera un segundo.

Estarían a solas, pero no tanto como si entraban en el despacho y cerraban la puerta. Becca también miró a Hazel. Y recogió del mostrador la llave de la cabaña, el paquete y la venda.

—Te acompaño a la doce.

—Gracias, Hazel —dijo Mish levantando la voz mientras Becca le abría la puerta. Sin el vendaje, cada paso que daba parecía desgarrarle el costado.

—Que te mejores, corazón. Y no traigas muy tarde a Becca esta noche.

—No le hagas caso —dijo Becca—. Tienes permiso para traerme a la hora que quieras.

Ay, Dios. Mish esperó a que se alejaran unos metros de la oficina.

—Mira, Becca, ahí dentro me he dejado llevar y quiero disculparme.

Ella se paró en seco en medio del camino.

—¿Te estás disculpando por... besarme?

—No, yo... —cerró los ojos un momento—. Sí. Sí, así es.

Becca echó a andar otra vez, tan rápidamente que Mish tuvo que apretar el paso para alcanzarla.

—Tiene gracia. No me ha parecido que tuviera que disculparte por ninguno de esos besos. Porque, si te disculpas por esos, por los que no tengas que disculparte deben de ser alucinantes.

—Becca, yo...

—Era una broma, Parker. Se supone que tienes que reírte —se volvió y siguió andando hacia atrás, aflojando el paso—.

Imagino que no querrás discutirlo mientras cenamos —una mirada a su cara y volvió a girarse—. Sí, eso me parecía.

—Lo que te he dicho antes iba en serio. Es muy mal momento para mí —dijo él con calma—. Lamento haber complicado las cosas ahí dentro. Es que me pareces irresistible.

Becca se echó a reír y lo miró sacudiendo la cabeza.

—Bueno, es el rechazo más encantador que he oído nunca.

—Lo siento de veras —repitió él—. No sé qué ha pasado.

Ella le dio la llave, el paquete y el vendaje.

—La cabaña está ahí abajo, a la izquierda —le dijo—. Esta noche haré que te traigan la cena en una bandeja.

—No es...

—Descuida —añadió—. No seré yo quien traiga la bandeja. Sé captar una indirecta. Sobre todo si me la repiten machaconamente.

Mish la miró alejarse.

—Becca...

Ella se volvió.

—Si solo tuviera que pensar en lo que deseo... Si no tuviera que considerar nada más..

Becca esbozó una sonrisa de soslayo.

—Descansa un poco —dijo—. Tiene que ser muy cansado ser tan condenadamente encantador.

—Es de Mitch, no hay duda —le dijo Lucky a Wes por teléfono—. ¿Os acordáis de esa maleta de cuero que siempre llevaba consigo? La llamaba su maletín de mago. Pues está aquí. En la taquilla ciento uno de la consigna de la estación de autobuses.

Lucky había tenido suerte y, al quinto intento, había encontrado la maleta de Mitch. Abrir las cerraduras de las taquillas era pan comido. Si había tenido suerte, era porque no había por allí ningún guardia de seguridad para preguntarle por qué estaba abriendo una taquilla tras otra.

—Vamos a vigilar la taquilla veinticuatro horas al día —decidió Lucky—. Si está en esta parte del estado, tarde o temprano volverá a por ella. Y cuando vuelva estaremos vigilando.

—Sentados en una estación de autobuses horas y horas —comentó Wes—. A Bob va a gustarle la idea casi tanto como a mí.

—No tiene que gustarte, solo tienes que...

—Hacerlo. Lo sé, lo sé —le interrumpió Wes.

—Mira, ya que estoy aquí —dijo Lucky—, haré el turno hasta la una de la madrugada. Me quedaría más tiempo, pero...

—Pero solo has dormido una hora en los últimos dos días. No te hagas el héroe, teniente. A las ocho de la tarde estaré allí.

—A medianoche, Cenicienta, y te tomo la palabra —replicó Lucky mientras miraba hacia la calle por los ventanales mugrientos—. Pero primero cambia el Batmóvil por un coche con los cristales tintados. Este sitio es una ciudad fantasma. Si nos sentamos aquí dentro a vigilar las taquillas, llamaremos la atención. Tendremos que vigilar desde la calle.

Si aparcaban un vehículo en el lugar adecuado, podrían ver con claridad casi toda la estación de autobuses.

—Stimpy y tú podéis echar a suertes cómo os repartís el resto de la noche. ¿Alguna noticia de nuestro monaguillo, por cierto?

Wes se echó a reír.

—Lo creas o no, va a salir a cenar con una chica de la parroquia. Ha dejado un mensaje diciendo que tenemos que hablar con un tipo llamado Jarell Haymore. Estaba de guardia la noche en que creemos que Mitch pudo pasar por el albergue.

—Y si ya ha averiguado eso, ¿por qué va a salir a cenar con esa chica?

—Ni idea. A veces es así de raro.

—¿Qué has averiguado tú? —preguntó Lucky sin dejar de observar la estación. Aunque no mirara directamente la fila de taquillas, nunca la perdía de vista. Pero nada se movía. La estación de autobuses estaba tan vacía como una hora antes.

—Bueno —dijo Wes—, veamos. A Mitch Shaw lo apodaban el Reverendo.

Lucky se echó a reír.

—Será una broma.

—Pues no. Y esto te va a encantar. Todavía se rumorea que Shaw era o es una especie de, ejem, hombre de Dios, digamos.

—¿Un SEAL que es reverendo de verdad? —Lucky sacudió la cabeza, incrédulo—. Imposible, Skelly. Eso huele a leyenda de curso de entrenamiento. Como esa historia de un equipo que pasó tanta hambre en un barco que se comió al instructor a la barbacoa y, por ser tan ingeniosos, les dejaron bajar a tierra de permiso en Háwai. No me lo trago.

—Yo nunca lo he visto con una mujer —comentó Wes—. ¿Tú sí?

—Pues sí —dijo Lucky. Dios, qué cansado estaba—. Lo vi siguiendo a Zoe por Montana con la lengua fuera. Igual que tú.

—Sí, sí —dijo Wes con impaciencia—. Zoe Robinson era capaz de hacer levantarse a un muerto. Pero Bob y yo salimos un par de veces de copas con Shaw cuando volvimos a Coronado. Y nunca se iba a casa con nadie, que yo sepa. Y no porque le faltaran oportunidades, tú ya me entiendes.

—Trabaja en operaciones encubiertas —señaló Lucky—. Seguramente sabe cómo ser discreto. Pero pasemos a otro tema, Skelly. ¿Qué más has averiguado sobre él?

—Medallas, medallas, medallas... Cada vez que da un paso, le conceden una medalla —contestó Wes—. Tiene dieciocho, hasta la fecha.

Dieciocho. Lucky lanzó un juramento, admirado.

—Sí. La primera la ganó cuando tenía, atención, quince años.

¿Qué?

—¿Va en serio?

—¿Por qué iba a inventármelo?

—Puede que sea una errata o...

—Es tan surrealista que tiene que ser verdad. Súmale a eso que Shaw entró en el programa de entrenamiento de los SEALs en su primer año en la Armada. ¿Cuántas veces crees que ha pasado eso?

—¿Ninguna?

—No, ha pasado al menos una vez. Con Mitch Shaw. El tío consiguió dos medallas más nada más salir del curso de entrenamiento. Desde entonces le han dado casi una por año. «Vaya, ya estamos en abril. Es hora de ir a la Casa Blanca para colgarme otra medalla en la pechera».

Lucky soltó un soplido.

—Bueno, siendo así, creo que podemos estar seguros de

que no le habrá vendido el plutonio al primer país tercermundista dispuesto a entregarle un maletín con un millón de dólares en billetes pequeños.

—No sé, Luck. Con esos superhéroes es con los que hay que tener más cuidado. Cuando se vuelven malos, se vuelven malísimos. Los tíos como Shaw arrastran un montón de resentimiento. Ya sabes, «los Estados Unidos han ganado quince mil millones de dólares porque yo he salvado el mundo, y lo único que he sacado en claro son dieciocho medallas de mierda...».

Lucky se echó a reír.

—Sí, ya, Skelly. Sigue pensando así. El almirante Robinson le confió su vida a ese hombre.

—Eso es verdad —reconoció Wes—. Por lo visto Robinson pidió a Shaw que se uniera al Grupo Gris en sus comienzos. En otras palabras, Shaw fue el agente cero, cero, uno del Grupo Gris. ¿Sabes?, me alegro de no haberlo sabido el año pasado. Ese tío me da miedo.

—¿Algo más? —preguntó Lucky, haciendo girar los ojos. El que daba miedo era Wes.

—Sigo en ello —dijo Wes—. Ya sabes, preguntando por ahí, buscando a alguien que hiciera el curso de entrenamiento con él. Pero por lo visto no quedaron muchos y... ¡Oh, Dios mío!

A Lucky casi se le cató el teléfono.

—¿Qué? ¡Skelly! ¡Informa! ¿Qué ocurre?

—Bobby acaba de pasar con...

—¿Qué? ¿Con quién?

—¡Madre mía! ¡La santurrona de Bobby parece una supermodelo! Tiene el pelo largo, lleva minifalda y tiene unas piernas larguísimas y... —empezó a reírse, histérico—. Tengo que irme. Puede que tenga una hermana.

Wes colgó y en la estación de autobuses se hizo un completo silencio.

Bobby acababa de pasar con una chica de parroquia que parecía una supermodelo.

Wes y él habían cometido el error de dar algo por sentado, cuando lo cierto era que en este mundo nada era seguro al cien por cien. Bobby había tenido suerte: iba a cenar con una bella señorita; él, en cambio, había acabado solo en una estación de autobuses que olía a orines.

Lucky habría pensado que la probabilidad de que eso ocurriera era increíblemente baja.

Igual que la probabilidad de que el agente secreto de confianza del almirante Robinson traicionara a su país vendiendo plutonio robado al mejor postor.

Dios santo, ¿y si era cierto? ¿Y si Mitch Shaw se había pasado al enemigo?

CAPÍTULO 6

Mish estaba en el porche de su cabaña, esperando a que se pusiera el sol.

Había dormido espasmódicamente todo el día, atormentado por sueños llenos de violencia. Se había despertado incontables veces con el corazón acelerado y el costado dolorido. Ahora, sentado tranquilamente, intentaba disipar las visiones de su pasado que había regurgitado su subconsciente, como las burbujas pestilentes de un pozo de alquitrán. Porque los sueños, aunque imaginarios a veces, se basaban a menudo en cosas que quien soñaba había visto o hecho, ¿no?

Había un hombre vestido como un reverendo, enfrentándose valientemente a un grupo de hombres con armas de asalto. Terroristas. Todo había sucedido en un abrir y cerrar de ojos. Uno de los terroristas había levantado su arma y disparado dos veces a la cabeza del reverendo. Y mientras Mish miraba indefenso como un niño, tan lleno de horror que ni siquiera se atrevía a gritar, el hombre se había desplomado como un guiñapo sin vida.

Aquella imagen todavía lo ponía enfermo.

Había soñado también que miraba por una mira telescópica, que avistaba a un objetivo y apretaba el gatillo. Y también con episodios de violencia más personal. Combates cuerpo a cuerpo, artes marciales en las que todo valía y cuya única norma era la supervivencia.

Y había soñado con una mujer. ¿Su madre? Era difícil saberlo. Tenía la cara vuelta, y cambiaba constantemente. Estaba sentada, con la cabeza agachada, llorando. Cuando lo miraba, sus ojos enrojecidos por las lágrimas tenían una expresión acusadora. Entonces, dándose cuenta de que era Becca, Mish se había incorporado bruscamente, despierto al instante.

Ese sueño no le costó interpretarlo. Era un hombre problemático. Siempre lo había sido, y lo único que podía ofrecerle a Becca era dolor.

Se acercó un grupo de personas a caballo. Iban a dar un paseo vespertino por el campo. Becca, que iba en cabeza, no le dedicó más que una breve mirada y lo saludó vagamente levantando la mano al pasar. Fiel a su palabra, había guardado las distancias todo el día, salvo aquella fugaz aparición en sus sueños.

Hazel le había llevado tanto el desayuno como la comida en una bandeja. Faltaba una hora para que se sirviera la cena, pero Becca estaría fuera casi todo ese tiempo. Mish podía ir a sentarse con los huéspedes y...

No quería sentarse con nadie. No quería hacer nada, excepto entrar en la oficina del rancho y mirar su expediente. Necesitaba averiguar su dirección anterior e ir allí, fuera donde fuese, para ver si algo le resultaba familiar.

El paquete que había llegado por correo el día anterior no contenía, por desgracia, ninguna respuesta. Solo planteaba nuevos interrogantes. En su interior solo había una llave.

Una llave como las que abrían las cajas de seguridad de los bancos. Pero no llevaba ninguna marca, ninguna nota adjunta, nada. Podía pertenecer a cualquier caja de seguridad de cualquiera de las miles de oficinas bancarias que había en Nuevo México. O en el mundo. ¿Por qué dejarlo en Nuevo México? Aquella llave podía proceder de cualquier parte.

Su falta de pasado lo estaba volviendo loco. Ese día había pasado algún tiempo apretando los dientes, intentando obligarse a recordar. ¿Quién era? ¿Qué era? Pero las respuestas aún se le escapaban.

Lo único que sabía con toda certeza era que sentía una inquietud constante. No podía hablar con nadie. No podía revelar por qué estaba allí. No debía mostrar sus debilidades...

El sonido de la risa de Becca le llegó entre las sombras cada vez más alargadas, y tuvo que preguntarse, no por primera vez, si sería mejor seguir en la ignorancia.

—Dios mío, ¿qué haces aquí? —Becca se apartó de un salto de la puerta mosquitera de la oficina al darse cuenta de que había alguien dentro. Se agarró a la barandilla del porche para no caerse hacia atrás por los escalones.

—Perdona, no quería asustarte —Mish salió al porche—. Estaba... —carraspeó—. La verdad es que estaba buscándote.

Ella se quedó mirándolo.

—¿A oscuras?

—Bueno, no —dijo con calma—. Claro que no. Había luz en la parte de atrás. He llamado, pero como no ha contestado nadie, he entrado.

Becca pasó a su lado, intentando no fijarse en lo guapo

que estaba allí parado, a la suave luz de la luna, con su camisa roja remangada hasta los codos. Se le había acelerado el corazón, pero solo porque Mish la había asustado. Se negaba a admitir que fuera por otro motivo.

—¿No estaba cerrado con llave? —preguntó.

Al entrar encendió las luces. Todas las luces del techo, no solo la agradable luz tenue de su mesa.

Mish entornó ligeramente los ojos, deslumbrado, mientras la seguía.

—He entrado sin problemas.

—Tendré que hablar con Hazel. Esta puerta tiene que estar cerrada por las noches —rebuscó entre los papeles de su mesa, consciente de que él la estaba observando; de que llevaba el bañador debajo de un par de pantalones muy cortos, de que se había arrojado en sus brazos y él la había rechazado.

Pero Mish acababa de decir que había ido a buscarla. Lo miró.

—Bueno, ¿qué querías?

Mish tenía el cabello oscuro y una barba de un par de días, digna de una portada de *GQ*. Se rascó la barbilla en el sitio donde tenía una pequeña cicatriz blanca y se encogió de hombros.

—Bueno, eh... La verdad es que no lo sé. Me encontraba un poco mejor y quería... —se encogió de hombros otra vez.

—Me alegro de que estés mejor. Estás... —buenísimo—. Tienes... mejor aspecto —ay, Dios, ¿por qué no se ponía a babear directamente sobre sus botas?

—Volveré antes de que acabe la semana —le dijo él—. Al trabajo, quiero decir.

—¿Es que estás loco?

Mish sonrió. Era absurdo. Cuando sonreía, estaba aún más guapo.

—No, solo... aburrido.

—Ah —dijo ella—. Aburrido —encontró lo que estaba buscando (la hoja en la que había anotado quiénes iban a jugar al tenis al día siguiente) y se dirigió a la puerta pasando a su lado. La mantuvo abierta y lo miró con intención. Él captó el mensaje y salió. Becca apagó la luz y cerró con llave—. ¿Por eso has venido a buscarme? ¿Porque estabas aburrido?

—Ay, Dios —dijo él—. No. Claro que no. Es solo que... que...

—Olvídalo —Becca se avergonzó de nuevo. Y se enfadó consigo misma. El día anterior prácticamente lo había invitado a besarla y luego, cuando la había besado, había dado por supuesto como una tonta que aquellos besos lo habían turbado tanto como a ella. Habían sido besos de potencia nuclear, besos que habían despejado por completo, de un plumazo, todas sus dudas respecto a la oportunidad del momento. Por más besos como aquellos, habría inventado un calendario nuevo. Hacía más de veinticuatro horas que sus labios se habían tocado, y todavía le temblaban las piernas.

Y sin embargo Mish le había dicho «no, gracias» y se había marchado. Era un nuevo giro en una historia muy antigua: un hombre con tanta prisa por irse que ni siquiera se molestaba en empezar un idilio.

Ahora mismo, sin embargo, le estaba cortando el paso.

—Estaba pensando que aunque sea mal momento... —no se atrevió a sostenerle la mirada—. No sé —reconoció—. Es como jugar con C-4 —se interrumpió y sacudió la cabeza ligeramente—. Como jugar con explosivos, quiero decir —añadió—. Pero...

—¿Quieres que vayamos a tomar una copa? —le preguntó ella—. ¿O crees que deberíamos saltarnos las formalidades y meternos directamente en la cama?

Uf, estaba enfadada, y se le notaba. Pero al menos había conseguido que la mirara a los ojos.

—Lo siento —dijo ella—. Ha sido una grosería por mi parte, no venía a cuento y...

—Ha sido mala idea —repuso Mish en voz baja—. Sigues enfadada conmigo y tienes todo el derecho a estarlo. Lo siento mucho —se volvió para marcharse, y esta vez fue ella quien le cortó el paso.

Sabía que, al final, Mish se marcharía. Quizá fuera por afán de autodestrucción, o un mecanismo de defensa, o simplemente que tenía muy pocas expectativas. Fuera por lo que fuese, el hecho era que nunca se liaba con hombres con los que pudiera tener una relación a largo plazo. Eso lo sabía. No le importaba que Mish se marchara. De hecho, prácticamente lo tenía previsto.

Era realista. Afrontaba la verdad y era sincera consigo misma. Pero en toda relación había un fragmento de tiempo muy, muy corto, al principio, que podía ser mágico. Un lapso (una hora, quizá, o un día, o quizás incluso una semana entera) en el que reinaba la esperanza y las posibilidades parecían tan ilimitadas y amplias como el vasto cielo de Nuevo México.

Y durante ese instante, los finales felices no parecían un mito, ni el amor verdadero, una estafa.

Becca sabía que en el léxico de Casey Misionero Parker no figuraba la expresión «para siempre». Pero al mirar sus ojos, mientras se inclinaba lentamente hacia ella, algo había cambiado y en ese instante se había sentido embargada por una esperanza capaz de nublarle por completo la vista.

De uno solo de sus besos podría haber extraído esperanza para un mes entero.

—¿Cómo puedes ignorar esto? —preguntó ella, señalando entre ellos. Iba a exponerse al rechazo, pero tenía que saberlo—. ¿Cómo puedes huir de algo tan prometedor?

Él esbozó una sonrisa bella y triste, ligeramente ladeada.

—Bueno, el caso es que, para estar huyendo, parece que he vuelto al punto de partida, ¿no?

—Entonces, ¿dónde aprendiste a nadar así?

Mish miró su vaso de cerveza. Bebía cerveza canadiense de importación, lo había sabido sin tener que pararse a pensar en ello. La luz de la zona de la piscina iluminaba el líquido ámbar de un modo que le resultaba absolutamente familiar. Sí, había estado muchas veces sentado en penumbra mirando un vaso de cerveza importada y había aprendido a nadar cuando...

Nada. No recordaba nada.

—No lo sé —contestó—. Sé nadar así desde que puedo recordar.

Tenía que volver a dirigir la conversación hacia Becca, pero suavemente. Porque pisaba terreno peligroso. Si le hacía preguntas obvias acerca de su vida (de dónde eres, cuánto tiempo hace que trabajas aquí), ella se lo tomaría como una invitación para hacer lo mismo. No quería mentirle, no quería tener que inventar un pasado ficticio. Pero al mismo tiempo sabía que no podía hablarle a nadie de su amnesia. Ni siquiera a Becca, con sus bellos ojos.

—Apuesto a que tú no recuerdas la primera vez que montaste a caballo —dijo.

Ella sonrió, y Mish se alegró de que lo hubiera sorprendido en la oficina del rancho. Si hubiera llegado dos minutos después, él habría logrado salir sin que lo vieran y ahora estaría sentado en su cabaña, lleno de frustración por no haber encontrado ningún dato personal en su expediente.

La carpeta contenía únicamente una dirección y un número de teléfono en Albuquerque. Había un número de fax anotado en el margen, con prefijo de Wyatt City. Aparte de eso, su presunto expediente era ridículamente delgado. Pero, aun así, una dirección y un número de teléfono eran más de lo que tenía una hora antes.

Y, a diferencia de una hora antes, ya no estaba sentado en su cabaña, solo.

—La verdad —dijo Becca— es que recuerdo con todo detalle la primera vez que monté a caballo. Tenía diez años y fue en mayo. Hacía calor en Nueva York. Todavía puedo recordar cómo sentía el sol en mi cara.

Cerró los ojos y levantó ligeramente la cara como si mirara al sol y, de pronto, las emociones de Mish dieron un vuelco. Aquello era un error. Sí, disfrutaba de la compañía de Becca. Disfrutaba de ella demasiado. Sabía que debía levantarse, pretextar un cansancio repentino e intenso y regresar a toda prisa a la cabaña doce.

Solo.

¿Qué estaba haciendo allí sentado? ¿Permitirse soñar con besar su cuello largo y grácil? ¿Darse el gusto de imaginarse enterrando la cara en la nube suave y fragante de su pelo? ¿Recordar lo que había sentido al besarla, el aturdimiento, la embriaguez que se habían apoderado de él al sentir su cuerpo apretado contra el suyo? ¿Permitirse fantasear con despertarse temprano, a su lado, y verla dormir?

Era un asesino.

Sí, quizá no tuviera la certeza absoluta, pero estaba casi seguro. Estaba claro que había pasado algún tiempo en prisión y, si tenía que adivinar por qué motivo, sus sueños sangrientos eran un indicio clarísimo.

—Estaba allí, sentada en una silla de montar por primera vez —prosiguió Becca, abriendo los ojos, y le dedicó una sonrisa que habría derretido un glaciar—, con toda esa fuerza y esa agilidad bajo mi cuerpo. Estaba tan maravillada, tan abrumada, que me daban ganas de llorar. Era una yegua llamada Taza de Té, y debía de encontrarse con una docena de niñas como yo todos los días. Era paciente y digna, y cada vez que me miraba parecía sonreír. Yo me enamoré por completo. A partir de ese día, mi meta en la vida fue pasar todo el tiempo que pudiera a caballo. Lo cual no era fácil, teniendo en cuenta que vivía en Nueva York.

Mish no pudo evitar preguntar:

—¿En la ciudad?

—No, a unos cuarenta y cinco minutos al norte de Manhattan. En Mount Kisco —hizo una pausa y Mish se preparó para lo peor—. ¿Y tú? ¿De dónde eres?

Estaba preparado para la pregunta.

—Cuando me preguntan eso, nunca sé qué responder —dijo—. He vivido en muchos sitios distintos. No estoy seguro de a cuál llamaría mi hogar.

Por suerte a ella no pareció chocarle su respuesta evasiva, y Mish se apresuró a dirigir de nuevo la conversación hacia ella.

—Pero creo que nunca he estado en Mount Kisco, Nueva York. Cuesta imaginar una ciudad con establos y caballos a menos de una hora de la gran ciudad.

—Donde de verdad había buenos establos era en Bedford —repuso ella—. Recorría veinte kilómetros en bici...

—se rio— para trabajar gratis en los establos a cambio de que me dejaran montar, ¿sabes? Tiene gracia. Sigo trabajando casi por nada, pero ahora apenas tengo tiempo libre para montar —hizo girar los ojos—. Claro que, cuando Whitlow vuelva y me despida, tendré un montón de tiempo libre y me quedaré sin establo para Silver.

—¿Silver es tu caballo?

Becca asintió.

—Sí. Este verano celebramos nuestro séptimo aniversario.

—Silver —dijo él—. ¿Por qué le pusiste ese nombre?

—Por el caballo del Llanero Solitario. Sí, sé lo que estás pensando. No es muy original. Pero no se lo puse yo. Y tampoco lo castré yo. Ya estaba así cuando lo compré —de pronto se rio—. Ese es un buen modo de identificar a los hombres que no tienen ni idea de caballos —añadió—. Les hablas de caballos castrados y siempre dan un respingo.

Mish se rio, avergonzado.

—¿Eso he hecho yo?

Su sonrisa era sincera y contagiosa.

—Sí.

—Parece tan... bárbaro.

—Los sementales pueden ser muy salvajes —le dijo ella—. Y demasiada testosterona puede crear el caos en un establo. Se pelean, a veces ferozmente. Y se ponen... cariñosos, digamos, en los momentos más inoportunos. Como cuando los Mortenson se alojaron aquí, en el rancho. Tenían cuatro hijos menores de ocho años. Te juro que, cada vez que nos dábamos la vuelta, Valiente rompía su valla y se ponía a montar a una de las yeguas.

¿Cómo había sucedido? Allí estaban, hablando de sexo. De sexo de caballos, sí, pero aun así...

Mish carraspeó y cambió de tema bruscamente.

—¿Sabes?, no puedo creer que Justin Whitlow vaya a despedirte —bebió otro trago de cerveza fría—. Este sitio no puede dirigirse solo. Y por lo que me ha dicho Hazel, no le interesa tu puesto.

—No me extraña —contestó Becca—. Tal como están las cosas, no me interesa ni a mí —lo miró—. Imagino que en ninguno de los ranchos donde has trabajado últimamente estaban buscando administrador.

Mish se obligó a no moverse en el asiento.

—No, que yo sepa —apuró su cerveza, consciente de que era hora de que se levantara y le diera las buenas noches. Tenía que salir de allí antes de que sus preguntas adquirieran un tono más íntimo. O antes de hacer una estupidez, como tomarla de la mano. Si la tomaba de la mano, volvería a besarla. Y si volvía a besarla...

—Sí, ya me parecía —ella suspiró y apoyó la barbilla en la mano, desanimada—. Dios, cómo odio buscar trabajo, mandar currículums y todo eso. Y pensar en llegar a un sitio nuevo, en tener que derrochar toda esa energía con la esperanza de que esta vez sea mejor, o por lo menos distinto, y luego... —suspiró otra vez—. Es deprimente descubrir que todo es exactamente igual. Las mismas luchas, los mismos problemas provocados por los jefes.

—Deberías trabajar por tu cuenta —le dijo Mish—. Comprarte un rancho.

Becca se rio.

—Sí, muchísimas gracias, debería hacerlo, pero no hay precisamente un montón de millonarios haciendo cola para casarse conmigo. Y es poco probable que el banco esté dispuesto a concederme una hipoteca de tres millones de dólares teniendo solo una camioneta de mala muerte como aval.

Mish no parecía capaz de levantarse.

—¿Eso costaría?

—No lo sé —reconoció ella—. Está tan lejos de mis posibilidades, que ni siquiera he mirado si hay alguno a la venta por aquí cerca.

—Quizá deberías hacerlo.

—¿Para qué? ¿Para atormentarme?

—Solo es un tormento si piensas en lo que no tienes. Si lo miras como algo por lo que luchar, es un sueño. Y es asombroso lo que puede conseguir la gente con un poquito de esperanza y un sueño.

Ella lo miraba de nuevo como en el establo, como lo había mirado justo antes de que la besara en la oficina. Sus ojos eran tan tiernos, tan increíblemente cálidos...

—¿Con qué sueñas tú, Mish? —susurró.

—Con la paz —contestó sin vacilar—. Mi sueño es encontrar algo de paz.

Dios santo, lo estaba haciendo otra vez. Se estaba inclinando hacia ella, más y más... Se echó hacia atrás en la silla y de algún modo logró sonreír.

—Paz, y alguien que me lleve a Santa Fe mañana por la mañana.

—¿A Santa Fe? —ella también se recostó ligeramente en su silla—. ¿Ya te marchas?

Se había movido ligeramente y sus ojos tenían una expresión de tristeza casi imperceptible. Había, sin embargo, algo en sus palabras, en su resignación, que golpeó a Mish como un mazazo de emoción. De pronto sentía ira. Y frustración. Ira consigo mismo. Y con ella, por culparlo cada vez que...

Cada vez que...

¿Se marchaba?

¿Qué demonios...?

—Mish, ¿estás bien? —Becca lo miraba alarmada desde el otro lado de la mesa.

Él respiró hondo.

—Perdona —dijo—. Estaba... He tenido la sensación de haber vivido ya este momento, o algo parecido, no sé. Ha sido muy extraño —se pasó la mano por la cara—. Solo... solo voy a Santa Fe, a Albuquerque, en realidad, a pasar un par de días. Tengo que ocuparme de un asunto. Y he pesando que, como me habías dado unos días libres, podía aprovecharlos. Estaré de vuelta el lunes, como mucho.

Ella seguía mirándolo con preocupación.

—¿Puedo ayudarte en algo?

No quería entrometerse. Lo decía sinceramente. Quería ayudarlo.

Pero ¿qué haría si le decía «pues sí, verás, he perdido completamente le memoria. No tengo ni idea de quién soy, salvo por las pequeñas pistas que he ido recogiendo aquí y allá y que me inducen a creer que soy un asesino a sueldo y un expresidiario. Mientras voy a echar vistazo a la dirección que figura en mi expediente para ver si recuerdo algo, ¿por qué no vas a la oficina de correos a mirar la lista de los más buscados, por si estoy en ella?»?

Se aclaró la garganta.

—No —respondió—. Pero gracias.

Ella se sirvió el resto de su cerveza en el vaso.

—Bueno —dijo—, la verdad es que pasado mañana tengo que ir a Santa Fe, si quieres esperar. Tengo que hacer acto de aparición en la cena que organizan los Whitlow para recaudar fondos para la ópera de Santa Fe.

—Gracias —repitió Mish—, pero cuanto antes vaya, mejor. Conviene que vaya mañana mismo.

—Quizá... —dijo ella, y se detuvo. Luego se echó a reír—. Dios mío, esto es una locura, pero... Tengo dos invitaciones para la cena. La comida es fantástica y... Qué patética soy. No puedo creer que te esté invitando a salir otra vez —se rio y, apoyando los brazos sobre la mesa, escondió la cara entre ellos.

Mish no supo qué decir. Ella levantó la cabeza y lo miró a los ojos.

—No lo hago con todo el mundo. De hecho, no lo había hecho nunca. Es solo que... me gustas de verdad.

Sus palabras enternecieron a Mish. Le gustaba.

—No sé por qué. No me conoces, Bec. Podría ser una persona espantosa.

—No, qué va. Eres demasiado amable. Tienes una bondad esencial...

Él soltó un juramento que rara vez decía en voz alta.

—Eso no lo sabes. Saqué a un niño del río, pero eso no me convierte en un santo.

—Puede que no, pero sí te convierte en alguien a quien quiero conocer mejor —se inclinó hacia él—. Acompáñame a la cena. Como amigo. Podemos poner los límites ahora mismo, si quieres. Nada de sexo, ¿de acuerdo? Nos encontramos en la cena y nos vamos por separado. Nada de presiones, ni de provocaciones.

Mish tuvo que reírse.

—¿Sabes?, creo que es la primera vez que me pasa esto. Que me convenzan para salir a cenar prometiéndome que no habrá sexo.

Los ojos de Becca brillaron.

—Si quieres, podemos establecer otras normas...

—No —se apresuró a contestar él.

—Te dejaré la invitación en la puerta —le dijo ella. Se

levantó, y él hizo lo mismo—. La fiesta es en el Café Sidewinder, un restaurante cerca del centro. Las puertas se abren a las seis. Yo llegaré seguramente a las siete menos cuarto.

Él no tenía nada que ponerse para asistir a una cena de gala. Y, aunque lo tuviera, no quería seguir engañando a aquella mujer. Becca lo consideraba buena persona. Y él sabía que debía guardar las distancias por el bien de ambos.

Pero cuando abrió la boca fue para decir:

—Está bien. Nos vemos el sábado. A las siete menos cuarto.

Estaba completamente loco.

—Muy bien —dijo Becca.

Y sonrió. Y cuando sonreía, todo su rostro se iluminaba. Mientras la veía alejarse, Mish pensó que, después de todo, estar loco de atar no era tan terrible.

Bobby y Wes subieron a la camioneta con dos bolsas de papel de las que escapaba un aroma delicioso.

—Hola —dijo Lucky, apartando la vista del anodino panorama que ofrecían las taquillas de la estación de autobuses. Desde donde había aparcado, podía ver la taquilla 101 a través del parabrisas tintado de la camioneta y de la luna de la estación. No era el puesto de vigilancia más discreto del mundo, pero era mejor que estar sentado en las mugrientas sillas de plástico de la estación, a plena vista.

—No os esperaba hasta dentro de un par de horas.

—Uno no puede vivir solamente de los M&Ms de la máquina de chocolatinas —contestó Wes mientras rebuscaba en las bolsas—. Así que te hemos traído un auténtico festín del Texas Stan's —haciendo una reverencia, le ofreció un recipiente grande lleno de chili y un tenedor de plástico.

—Bendito seas, Ren. Y tú también, Stimpy. ¿Qué celebramos? —preguntó Lucky al levantar la tapa del recipiente.

Dios, qué bien olía.

—Ha llamado Joe Cat —informó Wes tras darle un mordisco a una enchilada de ternera picante.

A Lucky casi se le cayó el chili.

—¿Ha aparecido Shaw?

—No —contestó Bob desde el asiento trasero—. Son buenas noticias, pero no tanto. El capitán quería darte un mensaje de tu hermana.

—¿De Ellen?

—Sí —Wes agarró un refresco y bebió un largo trago para pasar la comida. Lucky sabía por experiencia que las enchiladas picantes de Texas Stan's picaban solo un poquito menos que el chili—. Ha llamado para decirte que va a casarse.

Lucky se echó a reír.

—Sí, ya, Skelly. Muy gracioso. En serio, ¿qué quería?

—Va en serio —dijo Bobby—. Ellie está prometida. La he llamado desde el motel. Parece muy feliz.

—El tío es un cerebrito de la universidad —informó Wes.

No era broma. Lucky dejó con cuidado el recipiente de comida.

—Ellen no tiene edad para casarse. Solo tiene... ¿cuántos? —tuvo que hacer la cuenta—. Solo tiene veintidós años.

—Igual que mi hermana Colleen —Wes dio otro mordisco a su enchilada.

—Colleen tiene edad suficiente para casarse —contestó Bobby—. Vosotros veis a vuestras hermanas pequeñas como si todavía tuvieran diez años. Como si el tiempo se hubiera parado. Los otros tíos las ven como dos auténticos bombones, muy creciditas.

Wes tragó y se volvió hacia el asiento de atrás.

—¿Colleen, un bombón? Qué va. La última vez que estuve en casa, se hizo una herida en la rodilla montando en patinete. Es una marimacho. Ni siquiera sabe que es una chica. Gracias a Dios.

—Venga, Skelly —Bobby se movió para echarse hacia delante y toda la camioneta se sacudió—. ¿Te acuerdas de cuando fuimos a verla a la universidad? Tu hermana gusta a los tíos. Un montón. No paraban de pasarse por su habitación del colegio mayor, ¿recuerdas?

—Sí, pero iban a pedirle que les arreglara el coche porque es una mecánica estupenda —replicó Wes—. No es lo mismo.

—No pienso dejar que Ellen se case —dijo Lucky, muy serio.

—Puede que esté embarazada —dijo Wes—. Quizás ese cerebrito le haya hecho una barriga.

Lucky lo miró con enfado.

—Deberías dedicarte a escribir postales de felicitación, Skelly. Siempre sabes exactamente qué decir —miró a Bobby por el retrovisor—. ¿Tú por qué no comes?

—Porque va a volver a cenar con la supermodelo.

Bobby sonrió tranquilamente.

—Se llama Kyra.

—Te odio —dijo Wes—. Primero me haces dejar de fumar y ahora esto.

—Te cambio a Kyra por Colleen.

Wes soltó un soplido.

—Sí, seguro —se volvió hacia Lucky—. Hoy he recibido un e-mail de un SEAL que hizo el curso de entrenamiento con el Reverendo.

Ellen iba a casarse. Lucky sacudió la cabeza, incrédulo.

—Bueno, la verdad es que el tipo ese —prosiguió Wes—, Rubén, se llama, sí pasó el curso de entrenamiento, pero el Reverendo, o sea, Mitch, no.

Lucky se sorprendió.

—¿Cómo dices?

—Por lo visto, Mitch no aprobó el curso de entrenamiento la primera vez. Lo aprobó al segundo intento —hizo una pausa y se bebió ruidosamente medio batido—. Es una historia genial, teniente. Te va a encantar.

Lucky lo miraba expectante. Wes buscó tranquilamente una servilleta y se limpió la boca con delicadeza.

—Rubén me contaba en su e-mail que el Reverendo casi superó el curso de entrenamiento. No se quejaba, pero tampoco hablaba mucho. Hacía el trabajo sin abrir la boca.

—No como otros, que no paran de hablar en los cursos de entrenamiento —comentó Bobby.

—A ti ya no te hablo —dijo Wes—. Te odio, ¿recuerdas? Has permitido que una supermodelo se interponga entre nosotros.

Lucky cerró los ojos.

—Skelly...

—Sí. Bueno, pues la mañana antes de que empezara la Semana Infernal, el Reverendo se despertó con gripe. Fiebre alta y gastroenteritis aguda. O sea, que estaba hecho polvo. Sabía que, si se enteraban los instructores, lo mandarían derecho al hospital —Wes se acabó el batido—. Así que —continuó—, cerró el pico. O por lo menos lo intentó. Porque lo pillaron cuando empezó a vomitar sangre, un síntoma clarísimo de que algo te pasa. Intentaron convencerlo de que renunciara, pero se negó. Lo llevaron a rastras al hospital, pero en cuanto lo dejaron solo se escapó de la habitación. Salió por la ventana y, con cuarenta de fiebre, bajó rapelando desde el piso quince del hospital. Rubén dice que se presentó otra vez en Coronado en plena noche. Se reunió con su equipo como si tal cosa. Casi no se tenía en pie, pero allí estaba. «¡Listo para cumplir con mi deber, señor!». Esta vez, los instructores pensaron que se daría por vencido, pero no. Cuando se caía, se arrastraba. El muy cabrón no se rindió. Le prometieron que podría empezar otra vez con los candidatos del siguiente curso, pero no se conformó. No quería marcharse. Así que acabaron por dejarlo fuera de combate con un chute de Valium. Y cuando se despertó, la Semana Infernal había acabado.

—Ostras —Lucky no podía imaginarse pasando la Semana Infernal, aquella horrible prueba de resistencia, estando enfermo

—Aprobó en el curso siguiente —dijo Wes—, el primero de la clase.

Se quedaron callados un rato.

—Esté donde esté —comentó Bobby, rompiendo el silencio—, espero que esté bien.

—¿Será posible que un tío así se haya vendido? —preguntó Wes, dando voz a la pregunta que Lucky se hacía para sus adentros.

—¡Qué va! —dijo Bobby.

Pero Lucky no estaba tan seguro.

CAPÍTULO 7

Becca tomó una copa de champán de la bandeja del camarero, sonrió para darle las gracias y procuró prestar atención a Harry Cook mientras este le hablaba de la primera función de ballet de su nieta.

Harry era un hombre encantador (y generoso con sus millones, además), y Becca había conocido a Lila, de cuatro años, durante el picnic del año anterior a beneficio del hospital infantil. La anécdota que le estaba contando Harry era divertida, pero a Becca le costaba concentrarse.

Dio la espalda al arco del vestíbulo que llevaba al restaurante, decidida a no pasarse la noche esperando a que apareciera Mish. O no apareciera.

Esa era la cuestión.

Bebió un sorbo de champán y se obligó a calmarse y a respirar. No solía beber en aquellas fiestas. A fin de cuentas, le pagaban por asistir, por hacer contactos, por reforzar la posición de Justin Whitlow entre la clase pudiente del norte de Nuevo México. Esa noche, sin embargo, necesitaba champán.

Se rio, como todos, cuando Harry acabó de contar su

historia imitando con precisión la reverencia final de Lila, pero luego se separó del grupo y se dirigió hacia la puerta de la plazoleta central del restaurante.

Fuera hacía mucho más calor que dentro del restaurante, refrescado implacablemente por el aire acondicionado. Y dado que el vestido largo que llevaba dejaba al descubierto sus brazos y la mayor parte de su espalda, agradeció el calor del exterior.

Había poca gente fuera, y se alegró de poder tomarse un respiro alejada de la multitud. Bebió otro sorbo de champán mientras miraba las hileras de luces que decoraban la plazoleta y que se agitaban empujadas por la brisa.

Mish no iba a ir.

Y aunque fuera, seguramente le daría demasiada vergüenza entrar en el restaurante de lujo con vaqueros y camiseta.

La luna, un gajo en el cielo, era mucho más bonita que las sartas de luces. Y la brisa arrastraba el olor de las flores, lo cual demostraba que la naturaleza ofrecía escenarios mucho más estimulantes para una fiesta que cualquier restaurante, por elegante que fuera.

Levantó la vista hacia la luna, negándose a preguntarse si volvería a ver a Mish.

Si no volvía a verlo, qué se le iba a hacer. Había estado allí en el momento crucial, para salvar la vida a Chip. Si tuviera que elegir entre eso y que apareciera esa noche en la fiesta, no tendría que pensárselo. Por más que le gustara Mish, elegiría a Chip vivito y coleando. Y aunque Mish no fuera a aparecer, al menos la posibilidad de que acudiera a la fiesta le había servido de inspiración para ponerse aquel vestido.

Llevaba años colgado al fondo de su armario, y muchos

más colgado al fondo del armario de su madre. Desde mucho antes de que ella naciera, de hecho. Lo había confeccionado su bisabuela en la década de los treinta. Era elegante, delicado y muy sexy. Descaradamente sexy.

Un vestido que ella no se pondría todos los días.

Oyó abrirse la puerta del restaurante como un portal a otro mundo. La música y las risas sonaron más altas un instante antes de que volviera a cerrarse. Después, solo se oyeron algunas carcajadas estentóreas y un leve entrechocar de platos procedentes de la cocina.

Al levantar la vista, Becca vio que un hombre de traje oscuro se detenía para mirar a su alrededor, todavía junto a la puerta. No era Mish. Llevaba el pelo más corto y, además, el traje parecía caro. Becca apartó la mirada, pero siguió viéndolo por el rabillo del ojo mientras él contemplaba la barra del otro lado de la plazoleta, a las parejas que hablaban en voz baja entre las sombras, las hileras de luces, las flores, los árboles, la luna. Estuvo un buen rato mirando la luna. Becca le dio la espalda antes de que la mirara una segunda vez.

Aquel vestido tenía una pega, y era que los hombres se quedaban mirándola. Algunos hasta tenían la osadía de acercarse.

Efectivamente, oyó pasos sobre las baldosas, acercándose. El desconocido avanzaba hacia ella. Becca se volvió hacia la puerta, lista para regresar al restaurante y...

—Perdona que llegue un poco tarde. El autobús de Albuquerque tuvo un pinchazo.

¿Mish?

Sí, era él. Se había cortado el pelo. Llevaba un traje nuevo e iba tan bien afeitado que tenía que haber parado a arreglarse en el aseo de caballeros antes de salir.

—Estás espectacular —le dijo con voz casi tan aterciopelada como la noche.

—Tú también —su voz también sonó suave.

Mish sonrió de soslayo; las comisuras de sus ojos se arrugaron un poco.

—Sí, me he adecentado bastante, ¿eh?

Ella tocó la manga de su traje de lana ligera.

—¿De dónde demonios has sacado el dinero para comprarte esto?

Él retrocedió ligeramente, desasiéndose, y se guardó las manos en los bolsillos. Un pequeño recordatorio. Nada de sexo. Nada de contacto.

—He llamado a mi administrador y le he dicho que me enviará fondos de mi cuenta en Suiza.

Becca se rio.

—Lo siento, no debería haber preguntado. No es asunto mío.

—La verdad es que tenía algún dinero —le dijo Mish. Había confiado en encontrar el resto de su ropa y sus otras pertenencias (libros, al menos, porque seguramente tenía libros) en la dirección que figuraba en su expediente. Pero había ido a Albuquerque solo para descubrir que era una dirección falsa. La calle existía, sí, pero el número no. Era una zona comercial llena de destartaladas tiendas de empeño y mugrientos bares de topless. No había en ella nada que le resultara familiar.

El número de teléfono que había encontrado en el expediente tampoco funcionaba.

Había pasado casi dos días vagando por Albuquerque, buscando algo que le hiciera recordar.

Pero lo más parecido a un recuerdo que había tenido había sido su visita al centro comercial, donde se había probado aquel traje. Al ponerse la chaqueta y mirarse en el espejo, había tenido la sensación de que algo no encajaba. Se había puesto trajes otras veces, pero la chaqueta era distinta. Había algo en el cuello, o en las solapas o en.. Se había mirado fijamente en el espejo de cuerpo entero hasta que el dependiente había empezado a ponerse nervioso, pero no había recordado la respuesta a aquel interrogante. ¿En qué sentido podía ser distinta una chaqueta de traje? Las chaquetas de hombre prácticamente no habían cambiado desde hacía un siglo. Aquello no tenía ningún sentido.

—¿Cómo te encuentras? —preguntó Becca.

—Mucho mejor —contestó—. Aunque te agradecería que te refrenes y no me des codazos en el costado un día o dos.

Ella se rio.

—Lo intentaré.

Estaba realmente preciosa. Su vestido era espectacular, con tirantes tan finos que apenas se veían y que sin embargo servían para sostener la parte frontal, toda una hazaña de ingeniería. La tela era irisada, no del todo blanca, ni dorada, sino de un tono intermedio que realzaba a la perfección el tono castaño dorado de sus rizos. Había intentando peinarse con horquillas, pero su pelo no se dejaba domeñar. Mish tuvo que sonreír.

—Decidiste dejar tu sombrero de vaquera en casa, ¿eh?

—No, solo en la camioneta —contestó ella.

Mish procuró mantener los ojos fijos en su cara, apartados de su piel tersa, del tejido blanco y dorado que se adhería provocativamente a sus pechos y su vientre y caía con suavidad hasta el suelo. No pudo, sin embargo, resistir la tentación de mirar sus pies.

—No —dijo ella—, tampoco llevo botas —se levantó un poco la falda para enseñárselo.

Sus zapatos podrían haber sido los de Cenicienta. Tan delicados que apenas existían. Y tan seductores como el vestido.

Becca le sonreía y, a pesar de que esa noche estaba jugando con fuego, Mish sintió que empezaba a relajarse. No había encontrado respuestas en Albuquerque. Tal vez nunca averiguara de dónde procedía, qué había hecho. Y quizá fuera mejor así.

—¿Nos está permitido bailar? —preguntó.

Ella sabía que se refería a la regla que se habían impuesto, y se lo pensó.

—Creo que seguramente sí. Siempre y cuando sea en público, claro. Podemos bailar, pero solo después de la cena.

Mish tuvo que reírse.

—¿Por qué solo después de la cena?

Ella apuró su copa de champán y la dejó sobre una mesa cercana. Después le dedicó una sonrisa que entibió su alma.

—Porque estoy muerta de hambre.

Se dirigió hacia la puerta y Mish la siguió al interior del restaurante. Probablemente la habría seguido a cualquier parte.

—Se mudó a la casa de al lado cuando yo estaba en segundo —le dijo Becca.

Habían encontrado una mesa en un rincón apacible del restaurante y hablado de libros y cine mientras cenaban. O, mejor dicho, había hablado ella. Mish se había limitado a escuchar. Seguía escuchando mientras la observaba con toda atención desde el otro lado de la pequeña mesa. Escuchaba con los ojos, no solo con los oídos, la cara iluminada por la luz trémula de una sola vela. Era un poco desconcertante ser el foco de tanta intensidad. Pero también era muy agradable. Era como si todo lo que decía fuera de gran importancia. Como si Mish no quisiera perderse una sola palabra.

—En el instituto éramos inseparables —continuó ella—. Y cuando fuimos a la universidad, seguimos muy unidas. Peg iba a ser maestra infantil y yo veterinaria —tuvo que sonreír—. Solo que yo lo odiaba. No sé qué esperaba. Seguramente unos años de clases y luego hacer prácticas recorriendo la campiña idílicamente, ayudando a traer al mundo a corderos, terneros y conejitos. Pero me vi atrapada en un hospital veterinario municipal, atendiendo a perros atropellados por coches, a mascotas maltratadas... Hubo una mujer que llevó a su gato. Alguien lo había rociado con gas líquido para mecheros y le había prendido fuego. Fue... —sacudió la cabeza—. Fue verdaderamente horrible. Pero yo estaba decidida a no darme por vencida. Hacía mucho tiempo que soñaba con ser veterinaria. No podía abandonar.

Mish había estado observándola. Sus ojos eran una mezcla perfecta de verde, azul y marrón. De pronto, sin embargo, bajó la mirada hacia su taza de café.

—Es duro reconocer que uno ha cometido un error, sobre todo de esa magnitud.

—Creo que temía decepcionar a mis padres —reconoció ella.

Mish volvió a mirarla a los ojos y ella sintió que la cabeza le daba vueltas.

—¿Qué pasó, entonces?

—Que a Peg le diagnosticaron un cáncer.

Él asintió con la cabeza, como si estuviera esperando que ella le diera aquella mala noticia acerca de su mejor amiga.

—Lo siento.

—Era un linfoma de Hodgkin. Muy avanzado. Le dieron radio y quimioterapia, y... —Dios, habían pasado diez años, y aun le costaba contener las lágrimas. Naturalmente, nunca hablaba de ello, nunca hablaba de Peg. No recordaba la última vez que había desvelado tantas cosas de sí misma. Pero quería que Mish la entendiera. Quizás así comprendiera por qué lo había perseguido con tanto ahínco.

—Murió ocho meses después —añadió.

Mish alargó el brazo sobre la mesa y tomó su mano.

Becca miró sus dedos entrelazados con los ojos llenos de lágrimas. Las manos de Mish eran cálidas, sus dedos anchos y endurecidos por el trabajo. Quería que siguiera dándole la mano, pero no quería que lo hiciera solo por piedad. Apartó suavemente la mano.

—Ella sabía que se estaba muriendo —dijo—. Y aunque yo había dejado de quejarme de la carrera, porque ¿cómo iba a lamentarme de algo tan trivial como lo aburridas que eran las clases y lo poco estimulantes que eran los profesores, cuando ella estaba pasando por aquel calvario?, Peg sabía que no era feliz. Y me hizo hablar de ello. Sí, yo odiaba la facultad, pero no quería dejar mis estudios. Me sentía atrapada por mis expectativas y mi sentido de la responsabilidad. Y ella me preguntó qué era lo que más me gustaba hacer, lo que más me gustaba en el mundo. Lo sabía, claro. Sabía que me encantaba cabalgar. Le dije: «Ya, pero ¿quién va a pagarme por pasarme todo el día a caballo?». Y ella me dijo que me hiciera vaquera, que trabajara en un rancho, que hiciera todo lo que fuera necesario, pero que me asegurara de ser feliz. Que la vida era demasiado corta para desperdiciarla.

Los ojos de Mish eran bellos, pero inescrutables. Sin

duda entendía lo que le estaba diciendo, pero no se dio por aludido por sus palabras, no pensó que pudieran aplicarse a su relación, a la atracción que crepitaba entre ellos.

Cuando habló, Becca se llevó una sorpresa.

—Entonces, ¿por qué sigues trabajando en el Lazy Eight?

Ella no contestó enseguida.

—Me encanta Nuevo México —sonaba exactamente como lo que era: una excusa.

Mish asintió.

Becca cerró los ojos un momento.

—Sí, de acuerdo, sería mucho más feliz trabajando por mi cuenta. Esta noche he comprado un billete de lotería. Quizá tenga suerte y gane suficiente dinero para comprarme un rancho —y quizás a Silver le salieran alas y echara a volar. O quizás al día siguiente se despertara en la cama con Mish, lo cual era todavía más improbable.

Desvió la mirada, consciente de que lo estaba mirando como si fuera el carrito de los postres.

—Debería volver con los invitados.

—¿Sabes?, a veces las cosas salen mejor si uno se labra su propia suerte —le dijo él mientras ella apartaba la silla de la mesa—. Si la buscas, en vez de esperar a que venga a ti.

Becca lo tocó entonces, muy levemente, deslizando las yemas de los dedos por su mejilla en una caricia suavísima.

—¿No has notado que eso intento?

Se alejó con el corazón acelerado antes de que él pudiera reaccionar.

Había dado el primer paso para traspasar los límites que

se habían marcado y ahora le tocaba el turno a Mish. ¿Se quedaría o saldría huyendo?

Becca conocía a todas las personas relevantes de Santa Fe. Recorría el salón como una profesional, estrechando manos, recordando nombres, presentando a Mish con una breve anécdota acerca de las personas con las que entablaban conversación.

—Este es James Sims. Nunca apuestes dinero si juegas al golf con él. Es tan bueno que podría dedicarse a ello profesionalmente.

O:

—Mish Parker, Frank y Althea Winters. Su nieta acaba de ser aceptada en la Universidad de Yale. Va a estudiar Bioquímica.

No era una impostura. Tenía don de gentes. Y caía bien a todo el mundo. ¿Cómo iba a ser de otro modo, con aquella cálida sonrisa que parecía abarcarlos a todos?

No había esperado que él se quedara después de la cena. Mish había visto su expresión de sorpresa al acercarse a ella junto a la barra, después de tomar una segunda taza de café... y de dejar que su pulso volviera a latir a su ritmo normal.

Ni él mismo sabía por qué se había quedado. Ella había dejado claro el mensaje al contarle la historia de la muerte de su amiga. La vida era demasiado corta. Había que ir al grano. Lanzarse. Actuar.

Y, por si acaso no se había enterado, le había dejado claro lo que quería decir tocándolo provocativamente. «Ven a casa conmigo esta noche».

Mish quería ir. Quería entregarse. La tentación era demasiado fuerte, parecía zumbar y chisporrotear a su alrededor. Sabía que debía huir.

Mientras la miraba, Becca se dejó llevar a la pista de baile por un hombre de más de ochenta años. Estaba radiante riéndose con él y, como estaba a una distancia prudencial, Mish se permitió el lujo de desearla. Anhelaba perderse en la dulzura de su cuerpo, en el calor de su boca. No se trataba únicamente de sexo, aunque sin duda era eso también. No podía fingir lo contrario. Ardía en deseos de poseerla, pero también quería tumbarse con ella en sus brazos, quedarse dormido y soñar no con el pasado, sino con el futuro.

Con un pasado diáfano y luminoso, no empañado por la sombra de errores, remordimientos y dudas ocultas.

Se quedó allí, mirando a Becca, sin ir a ninguna parte. No podía huir. Estaba pegado al suelo.

Acabó la canción y el anciano la condujo de nuevo a su lado. Y entonces, por primera vez desde hacía horas, o eso parecía, se quedaron a solas. El salón empezaba a despejarse, la fiesta casi acabada.

—La orquesta está a punto de recoger —dijo ella mientras intentaba colocarse una de sus horquillas.

Todavía no habían bailado. Y probablemente era mejor así.

—¿Dónde te alojas? —preguntó él sin tocarla. Tenía que encontrar fuerzas para mantenerse alejado de ella. Becca se merecía algo mejor que él.

—En esta misma calle, en el Santa Fe Inn. Acaban de restaurarlo. Es precioso —sonrió—. Descuida, no voy a preguntarte si quieres venir a verlo —le tendió la mano para estrechar la suya—. Gracias por una velada tan encantadora.

Mish miró su mano con incredulidad. ¿De veras creía que podía estrecharle la mano y dejar que saliera a la calle llevando un vestido que atraería la atención de todos los hombres a veinte kilómetros a la redonda?

—Te acompaño a tu coche —le dijo.

—Lo he dejado en el hotel.

Maldición.

—Entonces te acompaño al hotel — acompañarla era un error. Mish lo sabía ya antes de proponerlo.

—No hace falta, de veras —contestó ella como si pudiera leerle el pensamiento.

—No voy a entrar —afirmó él, más para sí mismo que para ella.

—Bueno —dijo Becca mientras se dirigían hacia la puerta—, no voy a obligarte, así que no hace falta que estés tan tenso.

Mish giró la cabeza ligeramente.

—No estoy tenso.

Becca se limitó a sonreír.

Empezaba a refrescar y respiró hondo cuando salieron a la calle. Un grupo de hombres acababa de salir de un bar al otro lado de la calle. Eran cuatro y, mientras Mish los observaba, se fijaron en Becca. Primero dos; luego, tres y, por fin, los cuatro. Volvieron la cabeza y su gestualidad comenzó a cambiar. No la miraban irrespetuosamente, pero sí con mucho interés. Mish tuvo que hacer un esfuerzo por no rodearle los hombros con el brazo, o al menos con la chaqueta.

Ella respiró hondo otra vez y el vestido se pegó a su cuerpo de un modo que resultaba difícil ignorar. Mish también la miraba con fijeza.

—Hace una noche preciosa —se rodeó con los brazos—. Me encanta cuando refresca así.

—¿Tienes frío? Puedo dejarte mi chaqueta.

Becca le sonrió.

—Teniendo en cuenta que estamos a dos pasos del hotel y que seguramente estamos a veinte grados, creo que sobreviviré sin peligro de congelarme, gracias.

Mish vio el luminoso del hotel. Estaban a unos veinte metros de la entrada. Dentro de un momento, Becca entraría y él se quedaría solo.

—¿Por qué quería Justin Whitlow que vinieras a la fiesta? —preguntó confiando en que ella se quedara un rato más.

Ella levantó la mirada hacia la luna.

—Está intentando organizar un evento para recaudar fondos para la ópera en el Lazy Eight. De ese modo queda como un gran mecenas, porque cede las instalaciones. Claro que la gente tendrá que quedarse a pasar la noche. Y, además, él obtendrá mucha publicidad por promover el evento y, de paso, exhibirá el rancho delante de todos los benefactores de la ópera de Santa Fe que tienen dinero para dar y tomar.

—Dinero para dar y tomar.

Ella se volvió para mirarlo, divertida, con una sonrisa en los labios.

—Sí. Una idea interesante, ¿eh? Casi todas las personas a las que te he presentado esta noche tienen tanto dinero que no saben qué hacer con él.

Mish la tocó. Por segunda vez esa noche, no pudo refrenarse. Pero se paró en seco y solo la tomó del brazo.

—Ahí está tu respuesta, Becca.

Ella no sabía de qué diablos estaba hablando, pero no se apartó. Su piel era tan suave que Mish se distrajo un instante. Estaban tan cerca que podía besarla, y su modo de mirarlo, con los ojos muy abiertos y los labios ligeramente despegados, casi le hizo ceder a la tentación de cubrir su boca con la suya.

Pero no la besó, aunque tampoco la soltó.

—Acabas de pasar cuatro horas estrechando lazos con decenas de hombres y mujeres que tienen, según tú misma has dicho, dinero para dar y tomar. Vamos, Bec, ¿no lo pillas? Esa gente te aprecia. Si les presentas un proyecto para comprar una finca y convertirla en un rancho de recreo, es muy posible que encuentres aquí mismo, en Santa Fe, todo el respaldo financiero que necesitas.

Ella se mostró cauta, refrenó por el momento su entusiasmo natural.

—Tendría que pensarlo todo hasta el último detalle antes de empezar a pedir financiación. Tendría que encontrar una finca... —sacudió la cabeza—. Dios mío, no tengo tiempo de recorrer medio estado para...

—Utiliza Internet —la interrumpió Mish—. El ordenador de la oficina tiene acceso a Internet, ¿no?

—La verdad es que no —le dijo Becca—. Pero yo acabo de contratar una línea para mi portátil. Estoy intentando crear una página web para el Lazy Eight. En mi tiempo libre —se rio—. Me oigo decirlo y me parece que estoy loca. ¿Qué tiempo libre?

Mish la soltó por fin y dio un paso atrás. Cuando se reía la encontraba irresistible, pero si la besaba en ese momento solo conseguiría complicar aún más las cosas.

—Mañana, cuando volvamos al rancho, podemos usar tu ordenador para buscar fincas en venta.

—Tengo el ordenador arriba, en la habitación del hotel —le dijo Becca.

Arriba, en su habitación. Mish no dijo nada, no se movió. Se limitó a mirarla imaginando el apacible silencio de la habitación del hotel de cuatro estrellas, con su leve olor al champú de Becca, sus luces tenues y una enorme cama, y Becca dándole la espalda para que le bajara la cremallera del vestido y...

—Solo me he conectado un par de veces —prosiguió—. ¿De veras se pueden buscar tierras así?

Mish asintió.

—Sí, creo que sí. Solo tendríamos que introducir la información que queremos buscar y...

Ella lo miraba con curiosidad.

—¿Dónde aprendiste a usar Internet?

Buena pregunta. Era una de esas cosas que sabía, sencillamente, como la talla de sus vaqueros. Se encogió de hombros.

—No lo sé. Aprendí... aquí y allá, supongo.

—¿Te importaría subir y...? —se interrumpió—. Lo siento. Esto puede esperar a mañana —parecía avergonzada—. No quería hacer que te sintieras incómodo.

—Si quieres —contestó Mish—, puedo subir unos minutos y ayudarte a empezar —pero luego se iría.

—No es una estratagema para que subas a mi habitación —le aseguró ella, muy seria.

Mish se rio.

—Lo sé —no correrían ningún riesgo mientras no se besaran. Y no pensaba besarla—. No me quedaré mucho rato.

CAPÍTULO 8

—Muy bien —dijo Mish—, eso es. Este sitio se parece más a lo que estás buscando.

Becca arrimó un poco más la silla a la pantalla del ordenador. Hacía rato que se había quitado los zapatos y había recogido las piernas bajo la larga falda. Mish había arrojado su chaqueta a la cama hacía al menos cuarenta y cinco minutos, había aflojado su corbata y enrollado las mangas de su camisa hasta los codos.

Era asombroso. Manejaba el teclado y el ratón del ordenador como ella los caballos. Era como si el ordenador formara parte de él, como un apéndice permanente.

Becca tuvo que reírse. Su nuevo vaquero era un genio de la informática camuflado.

—Mira —dijo él y, haciendo algo con el ratón, consiguió que aparecieran nuevas fotografías en la pantalla—. Esta tiene muy buena pinta. Y el precio no está mal. No tiene muchísimo terreno, pero linda con un parque nacional, así...

—Está en California —Becca se inclinó un poco hacia delante—. Cerca de San Diego.

—Aquello es precioso —le dijo Mish y, tocando de nuevo el ratón, marcó la página para que Becca pudiera encontrarla de nuevo rápidamente.

—Sí, pero ¿California...? —ella sacudió la cabeza—. Toda la gente que conozco está aquí, en Nuevo México. No conozco a nadie que viva en California.

—Yo vivo en California —afirmó él. De pronto detuvo las manos sobre el teclado y la miró—. Soy de California —se rio.

¿Qué le estaba diciendo? ¿Que quería que se mudara a California para estar cerca de él? No tenía sentido. Ni siquiera quería besarla. ¿Por qué iba a querer que viviera cerca de él?

—San Diego —prosiguió Mish—. Viví allí de pequeño. Teníamos una casa en la playa. Era... —se rio otra vez—. Me acuerdo. El mar es tan bonito y...

La miró un instante y desvió rápidamente la mirada para fijarla en la pantalla, como si de pronto se diera cuenta de lo cerca que estaban.

—Debería irme —dijo—. Ya me he quedado demasiado.

—¿Sabes?, creo que es la primera vez que te oigo hablar de tu vida —comentó Becca.

Mish se encogió de hombros, compuso una sonrisa.

—No hay mucho que contar —se frotó la frente como si le doliera la cabeza.

—He estado pensando en ello —dijo ella apoyando la barbilla en la mano—. ¿Qué hiciste exactamente, Mish? ¿Algo por lo que todavía estás haciendo penitencia? ¿Por eso rechazaste el cheque de Ted Alden? No bebes. O no bebes mucho, al menos. Nunca te he visto beber más de una cerveza. Esta noche solo has tomado refrescos, aunque había barra libre. Y no has pedido una copia del carné de conducir después de que te lo robaran. Para todos los hombres que conozco, eso sería una prioridad. A no ser que no tengan carné. O que se lo hayan retirado. Por conducir bebidos, quizá. ¿Me estoy acercando?

Mish suspiró.

—Becca...

Ella lo tocó. Puso una mano sobre el tenso músculo de su antebrazo bronceado. Deseaba tocarlo a pesar de que la había rechazado cada vez que le había tendido los brazos.

—A mí no me importa —dijo con calma—. Lo que hayas hecho, dónde hayas estado, es irrelevante. Los errores que hayas cometido son agua pasada. Me gustas tal y como eres ahora, Mish. No me importa a qué universidad fuiste, ni si dejaste los estudios en el instituto, o si repetiste segundo curso. Me encantaría saber esas cosas sobre ti, claro, pero solo si tú quieres contármelas. Si no, no importa.

Deslizó la mano hasta la suya y Mish giró el brazo para que sus dedos se entrelazaran. Se quedó mirando sus manos unidas, consciente de lo inevitable. Becca y él habían estado abocados a aquel instante desde que él había aceptado acompañarla a la cena. A pesar de todo lo que se había dicho, lo había sabido desde el principio. Estaba allí, en la habitación de Becca, porque no podía mantenerse alejado de ella.

—No conozco a muchos hombres, ni a muchas mujeres, capaces de lanzarse a ese río para salvar a un niño. Era muy peligroso y tú ni siquiera dudaste.

—Soy un buen nadador.

—Eres un buen hombre.

Mish le sostuvo la mirada.

—Si fuera un buen hombre, te diría buenas noches ahora mismo y me marcharía.

—He dicho que eres bueno, no que seas un santo.

Estaban tan cerca que podían besarse, y Mish sabía que, a no ser que hiciera o dijera algo enseguida, iba a besarlo.

—No puedo darte lo que te mereces —murmuró.

Y entonces la besó porque no podía esperar a que lo besara ella, ni un segundo más.

Los labios de Becca eran tan dulces como recordaba, su boca ávida, ansiosa. Se derritió junto a él y, deslizando los brazos alrededor de su cuello, lo atrajo hacia sí.

Mish pensaba besarla suavemente, con ternura. Pero se apoderó de su boca y, al pasar las manos por la sedosa tela de su vestido, sintió el calor de su cuerpo. La cama estaba a tres pasos. Lo único que tenía que hacer era levantarla en brazos y...

Se desasió, respirando trabajosamente.

—Becca...

Los ojos castaños de ella reflejaban el ardor de su beso.

—Quédate conmigo esta noche.

—¿Solo esta noche? —su voz le sonó ronca—. ¿De veras es eso lo que quieres, una aventura de una sola noche?

—Estoy buscando un amante, y un amigo, que se quede solo hasta que llegue el momento de marcharse —reconoció ella—. Pero es imposible saber cuándo llegará ese momento, sobre todo cuando una relación está empezando. De todos modos, confío en que haya más de una noche.

—Entonces quieres tener... una relación.

Becca se rio.

—Lo dices como si fuera con erre mayúscula. Como si fuera algo enorme y espantoso.

Mish no podía bromear sobre aquel asunto.

—¿No lo es?

—No. Lamento decírtelo —respondió ella—, pero ya

tenemos una relación. La hemos tenido desde el momento en que entraste en el Lazy Eight y preguntaste por Becca Keyes —se movió con impaciencia entre sus brazos, apretándolo—. Lo único que quiero es cambiar los parámetros de esa relación para incluir largos periodos de tiempo que podemos pasar juntos y desnudos. Pero ese tiempo no es infinito. Francamente, no creo en las cosas eternas —le sostuvo la mirada como si intentara convencerlo de su sinceridad—. Te aseguro que no voy buscando el amor verdadero, Mish. Te prometo que, cuando llegue el momento, dejaré que te marches —le apartó el pelo de la cara, mirándolo con ternura—. No tienes que preocuparte por hacerme daño.

Lo besó. Suavemente y luego con más fuerza, y él correspondió a su beso hasta que la habitación comenzó a dar vueltas a su alrededor y no pudo respirar. De pronto pensó que el corazón iba a estallarle en el pecho. Debería haberse marchado, haber echado a correr y no haber parado hasta estar en la otra punta de la ciudad. Porque sentía el sabor de la eternidad en aquel beso. A pesar de todo lo que ella había dicho, estaba allí. La sombra de una promesa que le hacía desear... Que le hacía querer...

No podía ser. ¿Acaso aquel anhelo de sabor agridulce era el suyo propio? Casi se rio a carcajadas. Eso sí que era una ironía. Allí estaba aquella mujer fabulosa, dándole todo lo que él podía desear en una amante (incluida la tranquilidad de saber que no se hacía ilusiones respecto a él), y el tonto que se estaba enamorando era él.

Becca interrumpió el beso y se echó hacia atrás para escudriñar sus ojos. Sacudió la cabeza al ver su mirada de duda y confusión.

—¿Cómo puedes besarme así y seguir resistiéndote?

—preguntó. Se rio, incrédula—. Puede que sí seas un santo.

No estaba enamorado de ella. Se había encaprichado, sí. Sentía una intensa atracción por ella, de eso no había duda. Pero... ¿amarla? Apenas la conocía. No, aquello era sexo, era química, era atracción. Tenía que ser eso.

Así pues, ¿por qué se resistía?

—Hay muchas cosas que no puedo contarte, Bec —confesó, dividido entre el deseo de contárselo todo y la intensa convicción de que no debía hablar de ello con nadie—. Sobre mí mismo, quiero decir. Pero sé que no soy un santo.

—Entonces quédate —musitó ella—. Por favor.

Miró sus labios y, durante una fracción de segundo, el tiempo se detuvo. Mish se quedó sin respiración. Tenía el corazón acelerado. Ella le había dicho que no necesitaba saber de él más de lo que ya sabía. Le había dicho que no buscaba más que una aventura pasajera. Le había dado permiso para guardarse sus secretos sin mala conciencia. Después, se inclinó hacia delante y lo besó otra vez. Y Mish se dio por vencido.

Al entrar en el hotel, había habido quizás una probabilidad del seis por ciento de que volviera a salir antes de que amaneciera. De pronto, sin embargo, esa probabilidad se redujo a cero.

Su fuerza de voluntad se había hecho añicos.

No iba a ir a ninguna parte.

Salvo, quizás, al cielo.

La apretó con fuerza contra sí y se llenó las manos con su cuerpo suave, deslizando las palmas por la piel desnuda de su espalda y sus brazos mientras aspiraba el olor dulce y conocido de su cabello. La besó una y otra vez, con besos ansiosos, devoradores, que lo sacudieron hasta el centro de su ser. Sintió las manos de Becca en su cuello, deshaciéndole el nudo de la corbata y, a continuación, desabrochándole los botones de la camisa.

Parecía decidida a quitarle la ropa, y él estaba de acuerdo al cien por cien. Encontró la cremallera de la parte de atrás del vestido y la bajó. Después se quitó la camisa desabrochada. Ella sofocó un gemido al tocar el vendaje.

—Había olvidado que... No te he hecho daño, ¿verdad?

Él tuvo que reírse.

—Me estás matando —le dijo—, pero no en ese sentido. Estoy bien.

—¿En serio?

En aquello sí podía ser sincero.

—Sí.

—¿Me lo dirás si te hago daño?

Se rio otra vez.

—Me duele, pero...

—No en ese sentido —concluyó ella en su lugar, riendo.

Su sonrisa se volvió ligeramente perversa y él la miró fascinado mientras se ponía en pie y se bajaba los finos tirantes de los hombros. El vestido cayó a sus pies, dejándola desnuda excepto por las braguitas de seda irisada.

Era bellísima. Mish tendió los brazos. Necesitaba tocar la suavidad de su piel, sus pechos tersos y redondeados. Necesitaba abrazarla, sentirla desnuda contra su cuerpo. Ella también lo tocó. Con las manos, con la boca, pasando lentamente los dedos por sus brazos, por sus hombros, por los músculos de su pecho desnudo y su costado magullado. El placer casi hizo enloquecer a Mish.

¿Cómo era posible que algo tan delicioso fuera un error? Y lo era. A pesar de todo lo que había dicho Becca, él sabía que era una equivocación hacerle el amor sin contarle la verdad, sin reconocer que ignoraba cuál era la verdad. ¿Quién era él? No lo sabía, francamente. Becca lo consideraba un buen hombre. Él sospechaba todo lo contrario.

Tenía razones para creer que había hecho cosas terribles en el pasado, y allí estaba, entregándose otra vez a la tentación.

Pero, cuando Becca lo besaba, todo parecía perfecto. Cuando Becca lo besaba, cuando lo tocaba, sentía una plenitud que no había experimentado nunca antes.

Y, maldita sea, quería más.

La tumbó consigo en la cama, sin dejar de besarla y acariciarla. Becca lo rodeó con sus piernas. Mish sintió su ardor cuando se apretó contra su miembro erecto, y aquella sensación fue tan perfecta, tan embriagadora, que Mish sintió deseos de llorar.

Notó que ella deslizaba la mano entre los dos, la sintió desabrochar su cinturón, sus pantalones y luego tocarlo. Era una sensación tan placentera que lo dejó paralizado.

Aquella mujer no buscaba una relación eterna. Esperaba que el fuego que estaban alentando ardiera súbita e intensamente y luego se apagara. No se hacía ilusiones respecto a aquella aventura, ni se sentiría dolida cuando él se marchara. No estaba enamorada de él. Enamorada de verdad, al menos. No creía en el amor verdadero.

Becca tiró de sus pantalones y él se movió para ayudarla a bajárselos. Después, entre los dos, hicieron que desaparecieran las últimas prendas. Por fin, estuvieron desnudos. Mish la colocó encima de él y siguió besándola, ansioso por penetrarla, por sentirse envuelto en el húmedo ardor de su sexo. Lo sentía contra su miembro. Lo único que tenía que hacer él era mover las caderas y...

Ella, sin embargo, se apartó.

—Vaya —dijo, riendo—. Espera un segundo. ¡Sexo seguro, anticonceptivos! Tengo preservativos en el bolso. No te muevas, ¿de acuerdo?

Mish estaba aturdido. No podría haberse movido, aunque hubiera querido. Preservativos... Lo había olvidado por completo. Estaba más que dispuesto a hacerle el amor a Becca, incluso sin tomar precauciones. Si ella no lo hubiera parado...

Becca sacó de su bolso un paquetito envuelto en celofán y regresó a la cama mientras lo abría.

—Lo siento —dijo Mish con voz ronca—. Hacía bastante tiempo, y no sé en qué estaba pensando.

Ella se arrodilló a su lado.

—Espero que no te importe ponértelo —le dijo—. Porque me temo que es innegociable.

—No —la atrajo hacia sí para seguir tocando su piel suave y tersa—. Nunca me importa que me obliguen a hacer algo inteligente. La verdad es que no sé cómo he podido...

Ella le sonrió, divertida. Era tan hermosa...

—Teniendo en cuenta que intentaba distraerte, no puedo quejarme de que haya funcionado.

—Conque distraerme, ¿eh? —sentía la tersura de sus muslos, la suavidad de sus pechos en las manos. Se inclinó para besarla, para devorar su boca. Ella gimió y la pasión volvió a arder repentinamente en las venas de Mish—. Me alegro de que tengas un preservativo —murmuró.

Ella se lo dio.

—Siempre los tengo a mano —susurró—, por si Brad Pitt visita la ciudad.

Mish levantó la cabeza y Becca se rio.

—Solo quería comprobar si todavía me estabas prestando atención —dijo ella—. Si te digo la verdad, compré la caja porque, a pesar de que había prometido portarme bien, y a pesar de todas las veces que me habías dicho que no, seguía queriendo seducirte.

Había hablado con buen humor, pero Mish tocó su cara con ternura.

—Si te dije que no, no fue porque no te deseara. Lo sabes, Becca, ¿verdad?

Ella lo sabía ahora, y se alegraba muchísimo de no haberse dado por vencida.

Lo besó y sintió el sabor de su ansia. Deslizó la mano entre los dos y lo ayudó a ponerse el preservativo. Después se sentó a horcajadas sobre él, tumbándolo de espaldas mientras lo besaba. Sentía la dureza de su erección contra su vientre.

Mish exploró su cuerpo con las manos y la boca como si fuera un hambriento en un banquete; como si no pudiera hartarse de ella. La miraba como si fuera la mujer más sexy que había visto nunca. La tocaba como si fuera una especie de diosa, de ángel o...

—Becca —susurró, y a ella le encantó cómo sonó su voz aterciopelada al pronunciar su nombre.

Mish comenzó a acariciar su sexo, ligeramente al principio. Luego con más insistencia.

—Por favor, ¿puedo...?

Ella habría accedido a cualquier cosa, le habría prometido lo que fuese.

—Sí.

La levantó en vilo y se giraron ambos de modo que quedó tendido sobre ella, su peso entre las piernas de Becca.

Ella levantó las caderas para salir a su encuentro, y la mirada de Mish le pareció tan increíble como el placer que la embargó cuando la penetró con fuerza, profundamente.

Mish le sostuvo la mirada al empezar a moverse. La conexión entre ellos era tan profunda que tenía el corazón en la garganta. ¿Cómo podía ser? Se suponía que aquello tenía que ser... corriente. No tenía previsto sentirse como si su alma entera estuviera expuesta a los elementos. No había imaginado que los besos de aquel hombre pudieran hacer renacer en ella la esperanza de un amor duradero.

Era una locura. Se trataba solo de sexo. Un sexo fabuloso, pero solo eso: sexo.

Al mirarlo a los ojos, sin embargo, vio posibilidades que la dejaron sin respiración. Vio extenderse su futuro delante de ella, y por primera vez desde hacía muchísimo tiempo no se sintió sola en su viaje. Se rio en voz alta. Aquella idea era un disparate.

Pero cuando Mish sonrió, lleno de placer y alegría, comprendió que estaba metida en un lío.

En un lío enorme.

Mish sabía de algún modo cómo moverse para darle el mayor placer. Con largas y lentas acometidas que la dejaban sin respiración y la hacían ansiar más y más.

Cuando el orgasmo se apoderó de ella, sintió que su alma se abrasaba. Cerró los ojos y se aferró a él, sintiéndolo estallar.

Y cuando Mish bajó la cabeza para besarla, ella cerró los ojos y dejó que se adueñara de su boca tan completamente como acababa de adueñarse de su corazón.

CAPÍTULO 9

Mish podía oler el miedo.

Pendía en el aire de la pequeña habitación, intenso e inconfundible.

Llevaba horas atrapado allí, con los demás. Eran veinticuatro, la mayoría mujeres y niñas. Algunas no paraban de llorar. Cuando una lo dejaba, empezaba otra.

Estaba entumecido.

El hombre vestido de reverendo yacía en el suelo, donde había caído, media cabeza volada, las anchas manos aún extendidas. Había perecido intentando negociar la liberación de las mujeres y los niños. Pero los terroristas no querían negociar. Ahora ya lo sabían.

Así pues, Mish esperaba. Sentado contra la pared del fondo, aguardaba intentando no temblar. Miraba las paredes, el techo, a cualquier parte excepto al charco de sangre del suelo.

Luego se abrió la puerta y todo se precipitó. Un negro, un americano, se apartó de los rehenes y se abalanzó contra los hombres armados. Se oyeron disparos y Mish se levantó de un salto. El americano retrocedió tambaleándose. Había conseguido arrebatar un arma de asalto a uno de los terroristas.

Más disparos. El americano se desplomó y el arma resbaló por el suelo. Hacia Mish.

No se lo pensó. Reaccionó automáticamente, asió el arma y apretó el gatillo sin apuntar. La fuerza de la detonación levantó el cañón del arma, y él se esforzó por bajarlo mientras barría la entrada de la sala acribillando a los terroristas. La pared de atrás y la puerta se llenaron de salpicaduras de sangre y sesos.

Alguien gritaba, una voz ronca y gutural, llena de rabia, pero tan débil que apenas se oía por encima del ruido ensordecedor del fusil de asalto.

Luego, todo acabó. Los hombres tendidos en el suelo, delante de él, estaban muertos, no había duda. Los había matado. Dejó de disparar y se dio cuenta de que aquella voz cargada de rabia era la suya.

El americano sangraba mucho, pero agarró otra arma de asalto y cerró la puerta de una patada.

—Buen trabajo —le dijo a Mish por entre la sangre que borboteaba en sus labios—. Los has mandado derechos al infierno, Mish.

Mish miraba fijamente los cadáveres, contemplaba lo que había hecho. Los había matado. Que el cielo se apiadara de él: había apuntado con un arma y había segado la vida de tres seres humanos. Podía haberlos mandado derechos al infierno, pero ¿qué había hecho con su propia alma?

Se volvió, porque al otro lado de la sala, el reverendo se estaba levantando del suelo. La mitad de la cara que aún tenía intacta mostraba una mueca contrariada. Levantó la mano y lo señaló con aire acusador.

—No matarás —dijo solemnemente—. No matarás.

Dio un paso hacia Mish, y luego otro. Y entonces Mish se dio cuenta con un sobresalto de que, por encima del alzacuellos manchado de sangre, su cara podía haber sido la suya.

Se sentó bruscamente en la cama con el corazón acelerado. Le faltaba el aire.

A su lado, en la cama, alguien se movió. Becca, era Becca. Ella también se incorporó y le tocó la espalda, indecisa.

—Mish, ¿estás bien?

La habitación del hotel, iluminada apenas por la primera luz del alba amortiguada por las gruesas cortinas de la ventana, comenzó a cobrar contornos precisos.

Mish se esforzó por controlar su respiración agitada, luchó por que su pulso volviera a ser normal.

—Una pesadilla —logró decir.

—Muy mala, ¿no? ¿Quieres hablar de ello?

Él se apartó el pelo empapado de sudor de la cara. Todavía le temblaban las manos.

—No —contestó—. Gracias.

Lo rodeó con los brazos y besó levemente sus hombros. Mish se volvió hacia ella y la abrazó con más fuerza de la que debía. La besó con ansia. Necesitaba volver a la realidad, la necesitaba a ella desesperadamente.

—Mmm —Becca le sonrió mientras pasaba los dedos por su pelo. No parecía importarle que estuviera mojado—. Siento que hayas tenido una pesadilla, pero no que te hayas despertado, sobre todo si me besas así.

Estaba desnuda. Lo estaban los dos. Y al mirarla a los ojos, el recuerdo de la pasión que habían compartido esa noche se apoderó de él. Le había hecho el amor a aquella mujer, y ella a él, de un modo que escapaba a cualquier descripción, sin comparación posible.

Y ella merecía saber la verdad acerca de quién era... o de quién no era.

Mish había pasado buena parte de la noche mirando el techo. Por un lado deseaba hablarle de su pasado perdido, y por otro tenía la sensación abrumadora, la absoluta convicción, de que no debía contarle nada sobre sí mismo, aunque lo supiera.

Becca lo besó, lo atrajo consigo al tumbarse sobre las almohadas, entrelazando sus piernas.

—Tengo un par de días de vacaciones —murmuró—. ¿Qué te parece si pedimos al servicio de habitaciones que nos suministre comida regularmente, les decimos que no me pasen ninguna llamada y nos quedamos aquí hasta el martes por la mañana?

Mish quería hacerlo. Quería olvidarse del mundo un par de días. ¿Y por qué no hacerlo? Que él supiera, el único que lo estaba buscando era él.

Y quién sabía. Tal vez se encontrara a sí mismo allí, al calor de los ojos de Becca. Y, si no, quizá se le ocurriera un modo de decirle quién era, o temía ser.

—Me parece estupendo —susurró entre besos. Lo cierto era que aquel plazo le parecía muy corto, pero no quería reconocerlo, ni ante sí mismo, ni ante ella.

La besó larga y profundamente mientras intentaba dejar de pensar, sólo sentir.

Con ayuda de Becca, no le resultó muy difícil.

La llamada de Joe Cat llegó poco después de que amaneciera.

Lucky solo llevaba dormido veinte minutos, pero se espabiló al instante al oír la voz de fuerte acento neoyorquino del capitán.

—Ha aparecido más dinero falso del que llevaba Shaw —anunció Joe Cat sin preámbulos—. Esta vez, en una tienda de ropa para hombre de Albuquerque. Dos billetes.

Lucky encendió la luz que había junto a la cama del motel.

—Iremos a echar un vistazo, pero seguiremos vigilando la taquilla de la estación de autobuses. Tengo una corazonada, Cat. Mitch Shaw tiene esa maleta desde hace mucho tiempo. Si está vivo, volverá a por ella. Bobby y Wes me han sustituido y están vigilando la consigna ahora mismo —empezó a ponerse los pantalones—. Pero dentro de cinco minutos puedo salir hacia el norte.

—No, quédate en Wyatt City —ordenó el capitán—. Crash y Blue ya van camino de Albuquerque —se rio con desgana—. Me habría ido con ellos, pero el almirante llega hoy mismo y tengo que estar aquí para informarle. Es solo que he pensado que convenía que supierais que al parecer Shaw sigue por esa zona. En ese estado, al menos.

Lucky volvió a quitarse los pantalones y se tumbó en la cama, sujetando el teléfono con la barbilla.

—A no ser que esté muerto y que sea otro el que se está gastando su dinero.

—Sí, creo que debemos tener presente esa posibilidad —repuso el capitán.

—Pero ¿y si no está muerto? —preguntó Lucky—. ¿Crees posible que esté intentando hacernos llegar un mensaje al poner en circulación esos billetes? —sin duda Mitch sabía qué billetes de los que llevaba eran falsos y cuáles no.

—Lo mismo me pregunto yo —dijo Joe Cat—. ¿Y si ha localizado el... material perdido? —aunque estaban hablando por una línea segura, procuraba no utilizar la palabra «plutonio»—. ¿Y si se ha mezclado con la gente que tiene el material y no puede informar? Utilizar ese dinero podría ser su forma de hacernos una señal, de conseguir refuerzos en la zona.

—Si no fuera porque hemos hablado con un tipo llamado Jarell, del albergue para indigentes —informó Lucky—, y recuerda haber visto a Mitch. Lo llevaron al albergue de madrugada, casi inconsciente. Por lo visto estaba borracho perdido y le habían dado una buena paliza. Jarell solo lo vio esa noche. Dice que se marchó antes del desayuno y que, que él supiera, estaba solo. También dice que se dejó una chaqueta, pero no quiso dárnosla. Ni siquiera nos dejó verla.

—Conseguidla —ordenó el capitán.

—Sí —dijo Lucky—, estamos en ello. Pero en esa iglesia hay gente veinticuatro horas al día, así que vamos a tener que usar la imaginación. En todo caso, no te hagas ilusiones, Skipper. Es muy posible que, cuando consigamos la chaqueta, no nos sirva de nada.

Joe Cat suspiró.

—No sé nada de ese tal Shaw. ¿Bebe mucho? ¿Toma alguna droga? ¿Es posible que se haya ido de juerga?

—Yo nunca lo he visto beber más de una cerveza —afirmó Lucky.

—Lo cual es muy propio de un alcohólico que intenta rehabilitarse —señaló el capitán—. Se controla, hasta que de pronto ya no puede más. Y entonces no bebe una cerveza, sino una docena, y se larga sin decir adiós.

—Jarell dice que estaba tan pedo que no se acordaba ni de su nombre —Lucky sacudió la cabeza. Costaba creerlo. El tranquilo y silencioso Mitchell Shaw, completamente fuera de control.

—Hay una cosa que no logro quitarme de la cabeza,

Luke. ¿Crees que es posible que se haya...? Bueno, ya sabes, que se haya pasado el lado oscuro de la fuerza.

Lucky cerró los ojos.

—No sé, Obi-Wan —contestó—. Al almirante no va a gustarle, pero creo que de momento no podemos descartar esa posibilidad.

Sonó el teléfono.

Becca abrió los ojos y descubrió que se había quedado dormida tumbada a medias encima de Mish. Debería haber sido incómodo dormir así, con las piernas entre sus muslos y la cabeza apoyada sobre su hombro, pero no lo era. Encajaban perfectamente.

Él ya había abierto los ojos y le dedicó una sonrisa extremadamente sexy mientras Becca alargaba la mano hacia el teléfono. Ella no pudo resistirse y se detuvo un momento para besarlo, con la esperanza de que quien llamaba se cansara y colgara. Pero el teléfono seguía sonando.

—Sabía que debería haber dicho en recepción que no me pasaran llamadas —se quejó con un suspiro exagerado al levantar el aparato—. ¿Diga? —tiró del teléfono y volvió a acomodarse entre los cálidos brazos de Mish.

Sentía su erección contra su muslo, notaba las leves caricias de sus dedos en su espalda, deslizándose desde su cuello a sus glúteos y vuelta a empezar.

—¿Becca? Soy Hazel. Lo siento, ¿te he despertado?

Suspiró, consciente de que su ayudante no la habría llamado si no hubiera un problema grave en el Lazy Eight.

—Son casi las ocho y he pensado que ya estarías levantada —continuó Hazel en tono de disculpa—. Te llamaría más tarde, pero creo que esto no puede esperar.

—¿Qué ocurre? —Becca tuvo que esforzarse por controlar su voz cuando Mish bajó la cabeza hacia sus pechos. La besó ligeramente al principio; luego comenzó a chupar uno de sus pezones. Ella sofocó un gemido y él levantó la cabeza y le sonrió malévolamente.

—Al parecer tenemos un misterio entre manos —dijo Hazel.

Mish bajó la cabeza y comenzó a besar su vientre, deteniéndose a explorar su ombligo con la lengua.

—Ay, Dios —dijo Becca—. Hazel, ¿estás segura de que no puedo llamarte dentro de unos minutos? Una hora como máximo, te lo prometo

Mish besó la cara interna de su muslo y ella cerró los ojos.

—Por favor.

—Se trata de Casey Parker, Becca. Ese tal Mish. ¿Sabías que se ha marchado? Dejó la cabaña doce anteayer y desde entonces no le hemos visto el pelo.

Becca se rio. El gran misterio de Hazel no era ningún misterio. Ella sabía exactamente dónde estaba Casey Parker... y lo que estaba haciendo.

Y a pesar de que le gustaba muchísimo lo que hacía, se apartó de él y meneó la cabeza. No podía hablar por teléfono si seguía así. Él le sonrió y ella volvió a reír.

—Perdona, Hazel, creía que te lo había dicho. Mish tenía que ocuparse de unos asuntos en Albuquerque. Volverá el martes.

—Pues las cosas se van a poner interesantes cuando vuelva —afirmó Hazel—, sobre todo si el hombre que acaba de estar aquí, en la oficina, también decide volver. Porque entonces tendremos dos Casey Parker.

Becca veía la promesa del paraíso en los ojos de Mish.

Él se estaba portando bien, tendido en un extremo de la cama, acariciándole el pie. Pero a pesar de la distancia, la estaba distrayendo, porque lo que acababa de decir Hazel no tenía ningún sentido.

—Perdona, ¿qué has dicho?

—Dos Casey Parker —repitió Hazel—. Raro, ¿eh? Otro Casey Parker acaba de presentarse en el Lazy Eight y afirma que le ofreciste trabajo en el rancho. Ha preguntado por un paquete a su nombre que por lo visto tenía que estar aquí, en la oficina. Se ha puesto hecho una furia cuando le he dicho que este mes ya teníamos completa nuestra cuota de Casey Parker y que le había dado el paquete al primero. Hasta he tenido que llamar a Rafe McKinnon y pedirle que viniera a la oficina para exhibir músculo delante de ese tipo.

Becca se incorporó, alarmada.

—¿Sigue ahí? —preguntó—. Llama al sheriff y...

—Se ha ido. Se largó a toda prisa en cuanto le dije que había venido otro Casey Parker. No sé qué está pasando.

—Es un impostor —mientras decía aquellas palabras, Becca comprendió que no tenían sentido. ¿Por qué iba a presentarse alguien en el rancho fingiendo ser Casey Parker?

—Alguien es un impostor, sí —afirmó Hazel—. Por eso te he llamado. Becca, sé que entre tú y ese tal Mish había algo. Prométeme que tendrás cuidado si vuelves a verlo.

—Hazel...

—Porque el otro llevaba documentación con su fotografía. Me ha enseñado su carné de conducir. Era un tipo grandullón, con la barba gris y barriga cervecera, y la foto del carné era la suya, no hay duda.

Mish, en cambio, iba completamente indocumentado.

Se había sentado en el borde de la cama y la estaba mirando. Había escuchado la conversación. Sabía que estaba hablando de él, y de pronto había dejado de jugar.

—¿Estás segura? —susurró Becca. Tiró de la sábana para cubrirse y Mish apartó la mirada con aire cansado, casi culpable, como si supiera lo que le estaba diciendo Hazel.

—Cielo, antes trabajaba en la oficina del sheriff de Chimayo. Ese carné parecía auténtico. No he notado que estuviera falsificado. Llevaban unos hologramas, ¿sabes?, para que la gente no los truque —Hazel suspiró—. Pensabas volver a verlo, ¿verdad? ¿A ese tal Mish? Siento mucho todo esto.

—Gracias por llamar —logró decir Becca antes de colgar.

Mish no la miró. Se quedó sentado al borde de la cama, contemplando la ropa de ambos todavía tirada por el suelo, donde la habían dejado esa noche.

—Bueno, ¿quieres decirme quién eres de verdad, en vista de que no eres Casey Parker? —pretendía hablar con dureza, pero le tembló un poco la voz.

Él la miró, los ojos llenos de arrepentimiento y... ¿vergüenza?

Becca intentó contener las lágrimas que inundaban sus ojos.

—Quizá debería vestirme —dijo él, e hizo ademán de recoger su ropa.

Becca se levantó, tapándose con la sábana, y le arrancó los pantalones de las manos.

—Ni hablar. No vas a marcharte sin darme al menos una explicación.

Mish se puso los calzoncillos con manos temblorosas. ¿De veras había creído que podía tener a Becca sin darle nada de sí mismo a cambio? ¿Había creído que podía esconderse allí, con ella, a salvo del mundo real, de la verdad?

El mundo real había alargado sus tentáculos y ella, de alguna manera, sabía ahora más sobre él que él mismo. Debería haberse dado cuenta de que aquello tenía que ocurrir. Debería haberle ahorrado todo aquello.

Y lo habría hecho si se hubiera mantenido alejado de ella. Debería haber sido fuerte, haberse resistido a la atracción magnética que sentía por ella, a aquel anhelo embriagador. Pero se había entregado a sus deseos, a sus necesidades. Y la había lastimado.

Era un egoísta, un hijo de perra.

Y en un abrir y cerrar de ojos toda la magia de esa noche había desaparecido como si nunca hubiera existido, como si no hubiera sido real. Habían compartido algo maravilloso, algo a lo que había deseado aferrarse, algo frágil y perfecto que ahora yacía roto y pisoteado a sus pies. Y era culpa suya.

—El auténtico Casey Parker se ha presentado en el rancho —dijo Becca con voz cargada de reproche—. Tenías que saber que iba a ocurrir.

—No —dijo él con más vehemencia de la que pretendía. Se levantó y se apartó el pelo de la cara. De pronto se sentía enfermo. Dios, qué egoísta había sido.

—¿No? —ella también alzó la voz—. ¡Maldita sea! Sé que no eres tonto. Tenías que saber que Casey se presentaría en el rancho tarde o temprano.

No era Casey Parker. Llevaba algún tiempo sospechándolo. Aquel nombre le sonaba tan extraño... Pero, aun así, había tenido esperanzas.

Pero no bastaba con tener esperanzas. Ya no.

Así pues ¿qué iba a hacer?

Aunque estaba de espaldas a ella, veía su reflejo en el espejo que colgaba sobre la cómoda. Becca lo miraba con una expresión cargada de dolor y reproche.

Aun así, no podía decirle la verdad. Se suponía que no debía decirle a nadie qué hacía en Nuevo México. No recordaba por qué, pero estaba absolutamente seguro de que no debía hablar de ello. Pero, con todo, marcharse, dejar que ella pensara que la había engañado a propósito... Eso tampoco podía hacerlo.

Se quedó allí, con el estómago revuelto, la cabeza agachada, incapaz de quedarse y, al mismo tiempo, incapaz de marcharse.

—¿Sabes? —dijo ella con voz temblorosa—, si al llegar al rancho te hubieras presentado, si hubieras sido sincero respecto a quién eras, te habría contratado de todos modos. No entiendo por qué tuviste que mentir.

¿Qué podía decirle?

—Quizá deba marcharme sin más. No puedo decirte lo que quieres saber.

—¿No puedes decirme tu nombre? —preguntó ella, incrédula.

Mish levantó la vista y vio que estaba llorando. Ella intentó disimularlo limpiándose bruscamente las lágrimas mientras seguía cubriéndose con la sábana.

—Llámame anticuada si quieres —dijo con vehemencia—, pero me gusta saber al menos el nombre de los hombres con los que me acuesto.

Su nombre. Mish levantó los ojos y se encontró cara a cara consigo mismo en el espejo.

Seguía siendo un desconocido a sus ojos. Duro, atlético y peligroso, con la cara angulosa, un asomo de barba, el cabello revuelto por el sueño y una mirada amarga e implacable, parecía uno de esos hombros capaces de mentir a una mujer para acostarse con ella y de dejarla luego sin contemplaciones. Miró aquellos ojos, rezando por vislumbrar un recuerdo, un susurro de su nombre. Un pequeño fragmento de verdad que poder ofrecer a Becca.

Mish...

Misionero...

—Dime solo tu nombre —musitó Becca.

Él cerró los puños y apretó los dientes mientras seguía mirándose en el espejo. Se odiaba a sí mismo, odiaba a aquel desconocido que lo miraba con expresión retadora. Ya no rezaba a Dios para que le diera respuestas. Se las exigía. ¿Quién demonios era?

Misionero...

Un eco de la voz de Jarell susurró su apodo, y de pronto su ira estalló.

—¡No sé mi maldito nombre! —gritó, golpeando su reflejo con el puño.

El espejo se resquebrajó. Su imagen quedó partida en dos. Volvió a golpearlo con más fuerza y se hizo añicos. El cristal hirió su mano.

Becca retrocedió, asustada. Miraba con pavor a aquel desconocido de mirada salvaje cuya sangre manchaba la alfombra, goteando desde sus dedos.

—¡No sé quién demonios soy! —gritó él con voz ronca—. Me desperté hace casi dos semanas en un albergue para indigentes, con cinco mil dólares y una pistola dentro de la bota, y una nota con tu nombre e indicaciones para llegar al Lazy Eight. ¡No recordaba nada importante, ni siquiera mi propio nombre! ¿Dices que no soy Casey Parker? Pues ¿sabes qué? ¡Que yo también acabo de enterarme!

Becca agarraba con fuerza la sábana con la que se tapaba

y seguía observándolo, lista para escapar si de pronto se acercaba a ella. ¿Podía ser verdad lo que acababa de decirle? ¿Sufría una especie de amnesia? Sonaba tan increíble... Y sin embargo...

Él seguía allí parado, temblando como un animal herido, los ojos llenos de lágrimas, incapaz de mirarla a los ojos.

—Dame mis pantalones y me iré.

—¿Adónde? —preguntó ella en voz baja, con el corazón en la garganta.

Se había puesto furiosa con él, pero si lo que le había dicho era cierto...

Mish la miró. No la había entendido.

—¿Adónde irás?

Sacudió la cabeza. Estaba tan alterado que ni siquiera podía contestar. Se le escapó una lágrima y se la limpió con una mano trémula. No podía estar fingiendo. Era imposible. Estaba tan angustiado como ella. Más, incluso.

Becca no sabía mucho de enfermedades mentales, pero era posible que aquel hombre al que le había entregado parte de su corazón estuviera enfermo. Y si lo estaba, necesitaba ayuda.

Y si no...

Tenía una herida en la cabeza cuando llegó al rancho. Ya estaba casi curada, pero ¿y si había perdido la memoria como consecuencia de aquel golpe?

Intentó imaginarse lo aterrador y extraño que debía de ser aquello. Lo solo que debía de sentirse...

En cualquier caso, tenía que llevarlo a un médico. Tenía que convencerlo de que fueran al hospital.

—Si no tienes dónde ir, es absurdo que te marches —le dijo en voz baja, como si estuviera hablando con un caballo asustado.

Lo primero que tenía que hacer era calmarlo. Luego averiguaría si todavía tenía esa pistola de la que le había hablado. Las armas y las emociones alteradas no eran buena mezcla.

Se acercó a él tendiéndole la mano.

—Ven al cuarto de baño. Deja que te vea la mano. Estás sangrando.

Él bajó la mirada como si acabara de darse cuenta de que se había cortado. Miró el espejo y la miró a ella.

—Lo siento muchísimo, Becca.

—Ven —dijo ella—. Vamos a asegurarnos de que no necesitas puntos. Después podemos hablar e intentar aclarar todo esto.

—Debería irme. Dejaré dinero para pagar el espejo...

—No —dijo Becca—. Quiero que te quedes.

Mish empezó a decir algo, pero ella lo interrumpió.

—Quédate —dijo—. Creo que me debes al menos eso.

Él asintió con la cabeza. Quizás estuviera loco, pero su mirada parecía de pronto muy firme.

—¿Me crees, Becca?

Ella se volvió hacia el cuarto de baño.

—Todavía me lo estoy pensando.

CAPÍTULO 10

Becca se había vestido. Vaqueros y camiseta. Se había sentado enfrente de Mish, con las piernas recogidas, y lo miraba fijamente.

Él también se había puesto los pantalones. Igual que ella, iba descalzo. La camisa de la noche anterior, la que ella lo había ayudado a quitarse, colgaba abierta de sus hombros mientras se miraba la mano vendada y se esforzaba por responder a las preguntas de Becca.

Le había hablado del albergue, del hombre que le había puesto el apodo de Misionero, de la sensación de que su abreviatura, Mish, le sonaba de algo y al mismo tiempo le producía cierto desasosiego. Había intentado expresar con palabras lo que se sentía al no recordar nada salvo detalles triviales de su pasado. Y se había disculpado de nuevo por engañarla.

Becca se aclaró la garganta.

—Antes... dijiste que tenías un arma.

La miró e intentó no pensar en ella tendida desnuda sobre la cama. Era una locura. Habían hecho el amor dos veces, esa noche y por la mañana, a primera hora, y aún seguía muriéndose por sus caricias. Seguía queriendo más.

Carraspeó.

—Sí. Una pistola pequeña. Del calibre veintidós. Estaba dentro de mi bota, con el dinero y el fax con indicaciones para llegar al rancho.

—¿Dónde está la pistola ahora?

—En el Lazy Eight. La dejé en mi taquilla, en el barracón. No me sentía cómodo.. No me parecía apropiado llevarla encima. Ni siquiera sé si es legal.

Becca asintió con la cabeza, esforzándose por disimular su alivio. Mis no pudo evitar sonreír de soslayo.

—Te preocupaba pensar que fuera por ahí armado, ¿verdad? —preguntó.

Ella miró involuntariamente los trozos de espejo que habían caído sobre la cómoda.

—Lo siento, pero sí —contestó con franqueza.

—No tienes que disculparte. Si nos cambiáramos los papeles...

—Si nos cambiáramos los papeles, yo me iría al hospital.

Mish se removió en la silla.

—No puedo hacer eso.

—Claro que puedes —se inclinó hacia delante—. Iré contigo, Mish. Me quedaré contigo. Los médicos te...

—Los médicos llamarán a la policía —concluyó él—. No tendrán más remedio. Me dispararon, Bec. Tendrán que informar —vaciló. ¿Por qué no decírselo? Ya le había revelado demasiado—. La verdad es que es probable que sea un individuo poco recomendable. He soñado con cosas... —contarle sus sueños con detalle sería demasiado. Aquellas imágenes odiosas seguían atormentándolo. No hacía falta que la atormentaran a ella también—. Cosas muy... violentas. Realmente violentas.

—Eso no significa nada. Yo también he tenido sueños violentos y...

—No, son cosas que he visto, lo sé. Por lo menos algunas. También he soñado con... —no se atrevió a mirarla—. Con la cárcel. He estado en la cárcel, Bec. No puedo creer que no haya estado allí si sueño con ella con tanto detalle.

Ella se quedó callada.

—Creo que, si indago y descubro mi pasado, averiguaré que no soy muy buena persona —añadió con calma—. Así que volvamos al rancho. Quizá, con un poco de suerte, Casey Parker todavía esté allí. Puedo darle ese paquete que le enviaron y preguntarle qué hacía ese fax dentro de mi bota. Quizás así descubra algo. Luego recogeré mis cosas y me marcharé. Y no volverás a verme.

Becca pegó las rodillas a su pecho y las rodeó con sus brazos.

—O, si lo prefieres —añadió él—, puedo marcharme ahora y regresar al rancho por mi cuenta. Me marcharé antes de que vuelvas, el martes.

Podía salir de aquella habitación en cuestión de minutos y Becca no volvería a verlo. Pero ¿acaso era eso lo que ella quería?

Sintió que se le llenaban los ojos de lágrimas y parpadeó para contenerlas. Se levantó, incapaz de seguir sentada un segundo más, y deseó que la habitación fuera más grande. Sabía, sin embargo, que aunque fuera del tamaño de un estadio seguiría sintiéndose atraída hacia él.

—¿Por qué no me lo contaste anoche? —preguntó, acercándose a la ventana—. Hablamos durante horas en la fiesta. Te di pie para ello muchas veces —se volvió para mirarlo—. «Me alegro de que menciones tu infancia en Nueva York, Becca, porque, desde el lunes pasado no recuerdo nada de la mía. De hecho, ni siquiera sabía cómo me llamaba hasta que llegué al rancho y tú me llamaste Casey Parker...».

Los ojos de Mish también estaban sospechosamente enrojecidos.

—¿Me habrías creído?

—No lo sé. Sí, puede que sí. Te creo ahora, ¿no?

—No lo sé. ¿Me crees?

Ella dejó escapar un resoplido que era casi una risa.

—No. Sí. No lo sé. Por momentos me parece tan absurdo que creo que tiene que ser verdad.

No lograba imaginar un motivo por el que pudiera haber inventado una historia tan descabellada.

Lo cierto era que lo creía. Confiaba en él más allá de toda lógica. A pesar de que estaba convencido de que había estado en prisión, a pesar de que creía ser un delincuente, Becca confiaba en él con cada fibra de su ser. Quizá fuera por el sexo. Tal vez sus hormonas estaban bloqueando su sentido común. Si el amor era ciego, la lujuria tenía que ser como estar metido dentro de un tanque hermético, privado de toda estimulación sensorial.

Pero cuando miraba a Mish a los ojos, lo creía, le gustara o no.

Tal vez él fuera un estafador, o quizás sufriera una enfermedad mental. Y quizás ella fuera a llevarse un desengaño, pero pensaba llegar hasta el fondo de aquel asunto, averiguar si estaba en lo cierto o si era una necia, y encontrar las piezas perdidas del pasado de Mish. En todo caso, no podía marcharse. Ni dejar que él se marchara.

Se volvió hacia la ventana, calmada de pronto. Había tomado una decisión y de pronto ya no tenía ganas de llorar.

—Voy a llamar a Hazel y a decirle que me avise si Casey Parker vuelve a aparecer por el rancho. Le diré que le ofrezca una compensación económica si se queda hasta que lleguemos.

—¿Se ha marchado del rancho?

Ella miró el cielo perfectamente azul y se preguntó a qué se debía la súbita nota de interés que oía en su voz.

—Hazel dice que se marchó con mucha prisa. Por lo visto se enfadó mucho al saber que había llegado otro Casey Parker antes que él —se volvió para mirarlo—. Creo que deberíamos ir a Wyatt City. Preguntar en el albergue, intentar hablar con quienes te llevaron allí.

Mish parecía tan exhausto como ella.

—¿Los dos?

—Sí —contestó ella. Cruzó los brazos, decidida—. A no ser que hayas mentido y lo nuestro haya sido una aventura de una sola noche.

Él sacudió la cabeza, incrédulo.

—Becca, ¿no has escuchado nada de lo que te he dicho? Seguramente soy un mal tipo. Necesito que te mantengas alejada de mí.

—Puede ser —respondió ella—. Pero ¿qué hay de lo que necesito yo?

Wyatt City era un lugar tan polvoriento y desangelado como lo recordaba Mish.

Claro que solo lo recordaba desde el momento en que había salido del albergue hasta el instante en que montó en un autobús con destino a Santa Fe.

Era una de esas ciudades cuya calle principal no se remozaba desde la época en que se construyeron la mayoría de sus edificios, a fines de los cincuenta o principios de los sesenta. Una verdadera ciudad fantasma.

El antiguo cine estaba cerrado, igual que los grandes almacenes. Ambos edificios parecían haberse clausurado hacía una o dos décadas, y desde entonces no habían sido alquilados. Los únicos negocios prósperos eran una licorería, una videoclub para adultos y un bar.

—¿Has considerado la posibilidad de que vivieras aquí? —preguntó Becca.

Parecía que hacía horas que no abría la boca. Torció a la derecha en la calle Chiselm, donde una serie de casas de la posguerra habían sido convertidas en locales comerciales. Una vidente. Un quiropráctico y masajista. Una asesoría fiscal. Un salón de tatuajes.

—Quizá tuvieras un apartamento aquí, en la ciudad. O una habitación. O...

—Sí —dijo él—. Supongo que cabe esa posibilidad —no quería hablarle de su corazonada, de la sensación de que había ido a Wyatt City por un motivo concreto. Un motivo que desconocía, pero del que de todos modos no podía hablar.

—¡Dios mío! —ella se apartó a un lado de la calle y dio un frenazo. Lo miró con los ojos como platos—. Puede que estés casado, que tengas mujer.

—No lo estoy —contestó Mish—. No sé cómo lo sé, pero...

—No puedes estar seguro —repuso ella—. Mish, lo único que sabemos con toda certeza es que no sabes montar a caballo, que estuviste aquí, en Wyatt City, hace dos semanas, y que no eres Casey Parker.

—Si estoy casado... —meneó la cabeza—. No, sé que no lo estoy. Siempre estoy solo. Vivo solo. Y últimamente trabajo solo. No sé cómo lo sé, porque ni siquiera sé a qué me dedico —pero podía adivinarlo. La lista de posibilidades era corta y curiosa: ladrón, atracador, estafador...

Asesino.

—Pero si no te basta con eso —prosiguió—, entonces lo de anoche... —entornó los ojos y miró el sol poniente a través del parabrisas de la camioneta—. No sé, supongo que posiblemente puede decirse que... que hacía mucho tiempo. Que no estaba con una mujer, quiero decir —la miró, avergonzado—. Que ni siquiera deseaba estar con una mujer.

Ella se rio, aturdida, y apoyó la cabeza sobre los brazos, cruzados encima del volante.

—Eso es muy halagador, sobre todo viniendo de un dios del sexo como tú, aunque te hagas el humilde. Pero el caso es que, si tienes amnesia, no puedes saber si estás casado o no.

—No, hay cosas que sé, simplemente. Sé que parece increíble, pero recordaba mi talla de vaqueros, aunque ni siquiera reconocía mi cara en el espejo. Es absurdo, Becca, pero te digo que lo sé.

Ella lo miró de soslayo y él le sostuvo la mirada.

—Y no me estoy haciendo el humilde —añadió con calma—. Hacía mucho tiempo. Quería hacerte el amor toda la noche, pero no sé cómo se me escapó el tiempo.

Dios mío, ¿qué estaba haciendo? Becca desconfiaba de él, quería mantener las distancias. Así que ¿por qué le decía cosas como aquella, cosas para atraerla de nuevo a sus brazos?

Porque la quería en sus brazos. Y no tenía fuerza de voluntad cuando estaba con ella.

Sabía que lo mejor para Becca era estar lo más lejos posible de él, y sin embargo no podía refrenarse. Ansiaba abrazarla.

Ella levantó la cabeza sin dejar de observarlo. Mish vio el ardor del deseo en sus ojos, en lucha con su desconfianza.

El paraíso también seguía allí, a un suspiro y un beso de distancia.

Se apartó de ella.

—La iglesia está en este barrio, no muy lejos de la estación de autobús.

Becca vaciló, pero Mish no volvió a mirarla, y ella puso por fin la camioneta en marcha.

—¿Jarell? Está muy solicitado últimamente —dijo riendo la mujer que trabajaba en la iglesia. Sacó una carpeta de una desvencijada cajonera y la hojeó—. Es un voluntario, así que no puedo garantizarles que no cambie de horario, pero veamos... —frunció el ceño—. No, esta noche no trabaja en el albergue. La verdad es que no tiene turno hasta el miércoles por la noche.

—¿No habrá algún modo de que nos pongamos en contacto con él esta misma noche? —preguntó Mish.

La mujer sacudió la cabeza y les sonrió con aire de disculpa.

—Lo siento, pero no podemos dar información personal sobre nuestros voluntarios. De todos modos, es muy probable que mañana por la tarde esté en la cocina. Mañana por la noche hay una cena en la parroquia, y nadie hace el pastel de carne como Jarell. Por lo menos, para doscientas personas.

Al día siguiente por la tarde. Becca miró a todas partes, menos a Mish. Si tenían que esperar hasta el día siguiente para hablar con Jarell, tendrían que pasar la noche en Wyatt City.

Se mantuvo aparte mientras él daba las gracias a la mujer. Después lo siguió a la calle. Todavía hacía calor. Caminaron en silencio hasta su camioneta, aparcada en la calle de la estación de autobuses.

Mish se volvió para mirarla.

—Esta mañana, cuando salimos de Santa Fe, no pensé en esta noche. Lo siento. Yo pagaré las habitaciones del hotel.

Las habitaciones. En plural. ¿De veras quería que durmieran en habitaciones separadas? ¿Era posible que, a diferencia de ella, no hubiera pasado todo el día bombardeado por el recuerdo de la noche anterior? ¿Era posible que, a diferencia de ella, no deseara ardientemente que volvieran a besarse?

Llevaba todo el día deseando que la tomara en sus brazos y la besara.

Cerró los ojos. Por favor, Dios, que tuviera razón. Que no estuviera casado...

—Deberíamos cenar y...

—¿No es absurdo pagar dos habitaciones cuando es probable que vayamos a acabar en una? —preguntó ella, interrumpiéndolo.

Los ojos de Mish se veían luminosos a la luz del atardecer.

—¿De veras es eso lo que quieres? ¿Incluso sabiendo... quién soy?

Ella tomó su mano.

—Lo dices como si estuvieras convencido de que eres una especie de monstruo. ¿Por qué? ¿Porque llevabas una pistola y no te fías de los bancos? Que sepamos, podías llevar la licencia de armas en la cartera que te robaron. Sí, la herida de bala de tu cabeza es un poco más difícil de explicar, pero cabe la posibilidad de que estuvieras simplemente en el lugar equivocado, en el momento equivocado, ¿no?

—Becca...

—De acuerdo, has soñado con la cárcel. Yo he visto películas suficientes como para tener sueños bastante realistas sobre cárceles. Los sueños son sueños, Mish. No son lo mismo que recuerdos. Yo sueño a veces que se me caen los dientes. Da la casualidad de que es un sueño típico de situaciones de estrés, sin ninguna base real, afortunadamente —respiró hondo—. Así que, sí, quiero una habitación. Una sola. Una habitación con ducha, una pizza y un paquete de seis cervezas bien frías. Vamos a encerrarnos y a olvidarnos de todo esto unas horas. ¿Sabes?, para tener amnesia no eres muy olvidadizo.

Mish sonrió, y a ella le dio un vuelco el corazón. Luego, sin embargo, su sonrisa se desvaneció.

—¿Y si resulta que soy un individuo odioso? ¿Y si soy un asesino? ¿Un sicario?

Becca tuvo que reírse.

—Solo a un hombre se le ocurre imaginarse como protagonista de una película de Clint Eastwood. ¿Y ese tipo de ahí? ¿Lo ves? ¿El que está montando en esa furgoneta con las lunas tintadas? —indicó calle abajo.

Mientras miraban, un hombre de cabello corto castaño, con un tatuaje que representaba un alambre espino alrededor del bíceps y una bandeja de cartón con tres vasos de café grandes, subió a la trasera de una furgoneta. Otro hombre, rubio y guapo como una estrella de cine, se bajó de ella.

El rubio parecía capaz de hacer fortuna en el circuito de rodeos solo con su sonrisa, pero calzaba zapatillas deportivas, en lugar de botas camperas, y llevaba pantalones de loneta con muchos bolsillos, en vez de vaqueros. Su camisa desabrochada dejaba al descubierto un pecho digno de *Los vigilantes de la playa*. Movía la cabeza describiendo semicírculos, como si tuviera el cuello agarrotado, mientras cruzaba la calle en dirección a un bar próximo a la estación.

—No están esperando el autobús de Las Vegas, en el que tiene que llegar Ernestina, la mujer del más bajo, que vuelve de visitar a su hermana Inez, que es bailarina en el Caesar's Palace. No, seguramente están ahí sentados, vigilando la estación por si acaso apareces tú. ¿No es eso?

Mish miró al hombre que se dirigía al bar. Entornó los ojos y lo miró con más atención.

—Mish —Becca tiró de su barbilla para que lo mirara. Le dio un ligero beso en la boca—. ¿Y si no eres un asesino? ¿Y si eres un repartidor de UPS? ¿Y si vendes lavadoras en un hipermercado? ¿Y si eres superaventurero y trabajas de camionero llevando pescado fresco a ciudades como Las Cruces o Santa Fe?

Mish sonrió, y ella abrió la puerta de su camioneta.

—Si quieres, podemos dar una vuelta por ahí un rato. A ver si algo te suena.

Él asintió con la cabeza, mirando de nuevo la furgoneta aparcada delante de la estación.

—Sí —dijo—. Me gustaría.

Becca montó en la camioneta, encendió el motor y puso en marcha el aire acondicionado. Dios, qué calor hacía.

Mish se sentó en el lado del copiloto, recogió el sombrero vaquero de Becca, que estaba sobre el asiento, y se lo caló, bajándose el ala sobre los ojos. Cuando pasaron junto a la furgoneta, se hundió en su asiento.

—Hoy tengo información a raudales —dijo Wes cuando Lucky volvió a subir a la furgoneta, después de hacer una rápida visita a los aseos del bar contiguo a la estación—. Ha llamado el capitán mientras estaba echando una siestecita. No sé cómo lo hace, pero siempre me pilla cuando estoy durmiendo.

—Por eso él es el capitán y tú no —repuso Bobby—. Sabe cuándo estás dormido. Sabe cuándo estás despierto...

—¿Qué ha dicho? —preguntó Lucky—. ¿Ha hablado con el almirante Robinson?

—Sabe si has sido bueno o malo... No, espera —prosiguió Bobby—. Ese es Santa Claus, no Joe Cat —sonrió—. Siempre los confundo.

—Sí —dijo Wes—, son los dos tan alegres... Bueno, Santa Claus, sí. Porque Joe no está muy contento ahora mismo. De hecho, está harto de que los peces gordos lo mareen. No sé cuántas veces le han dicho ya que Robinson va de camino y luego lo llaman para decirle que no, que otra vez ha tenido que posponer el viaje.

—¿Alguna noticia de Albuquerque? —preguntó Lucky.

—Crash y Blue no han visto ni rastro de Mitch —contestó Wes—. Pero estuvo allí. Por lo menos el dueño de la tienda les describió a un tipo que se parecía mucho a él. Hasta les dijo que tenía unos preciosos ojos verdes.

—Eso está bien —dijo Bobby—. Es genial. Mitch está vivo.

—Sí, pero esto se pone cada vez más misterioso —añadió Wes—. Se gastó casi cuatrocientos dólares. Se compró un buen traje, un par de camisas y algo de ropa interior. En total trescientos dólares y pico, pero usó dos billetes marcados y dos que no lo estaban. ¿Qué significa eso? ¿Y para qué necesitaba un traje?

—Hace un par de días lamenté no haber traído un traje —comentó Bobby—. Porque...

—Tenías una cita con una supermodelo —concluyó Wes en su lugar—. Eso, echa más sal en la herida.

—Está bien, o sea que puede que haya una mujer de por medio —dijo Lucky—. Habrá que estar atentos. Mitch podría ir acompañado de una mujer.

—O quizá se haya disfrazado, sencillamente. Si yo quisiera disfrazarme —comentó Wes—, lo primero que haría sería comprarme un traje. Para parecer un ejecutivo. Así nadie me reconocería.

Lucky se quedó mirando la estación por la ventanilla tintada. Mitchell Shaw estaba allí, en alguna parte. Él había tenido la corazonada de que regresaría a por su «maletín de mago». Pero quizá no lo hiciera. Quizás hubiera desaparecido hacía tiempo con su traje nuevo y el plutonio perdido. Quizás estuviera al otro lado del mundo.

—¿Nos ha dado alguna orden el capitán? —preguntó.

—Que sigamos aquí sentados —dijo Wes—. Solo eso.

—¡Para! —dijo Mish—. ¡Para aquí, Bec!

Becca pisó el freno.

El crepúsculo proyectaba extrañas sombras en un callejón mal iluminado incluso a plena luz del día.

Mish se bajó de la camioneta y pasó entre dos edificios, uno de ladrillo y otro de madera. El pavimento, o lo que quedaba de él, estaba agrietado y lleno de agujeros. El aire estaba impregnado de olor a basura podrida. Aquel lugar le resultaba familiar, lo mismo que la reja de la escalera de incendios del edificio de ladrillo.

Cerró los ojos y vio aquella escalera de hierro y sus descansillos iluminados por un cielo tormentoso y nocturno en el que brillaban los relámpagos y...

Sí, había estado allí antes.

Supo sin necesidad de mirar que, unos pasos más allá, detrás del contenedor, había una puerta que daba a un sótano, antes pintada de rojo vivo y ahora descolorida por el sol. Una puerta que estaba entornada.

—¿Mish? —Becca había aparcado la camioneta y lo había seguido.

Estaba oscureciendo y Mish avanzó con cuidado más allá del contenedor. Oyó el correteo de las ratas. Se acercó un poco más y...

La puerta de un sótano.

Entreabierta.

De color rojo descolorido.

—He estado aquí —ahora estaba seguro. Se volvió hacia Becca—. Recuerdo...

¿Qué? ¿Qué era lo que recordaba?

Cerró los ojos. Truenos y relámpagos. Su ropa empapada casi al instante, en cuanto comenzó el chaparrón. Iba siguiendo a...

Siguiendo a... Santo cielo, no recordaba a quién iba siguiendo, ni qué hacía allí.

—Había sacado el arma —eso lo sabía.

Había bajado los peldaños que llevaban a la puerta del sótano y se había escondido entre las sombras, la pistola lista. Nada se movía. Nada. La tormenta arreció largo rato, y sin embargo él siguió sin moverse, esperando, observando.

Pero el hombre al que había seguido y cuyo regreso estaba esperando (y estaba seguro de que era un hombre) se había esfumado.

Por fin él había salido de su escondite. Había subido los escalones de cemento y salido al callejón lleno de charcos. Algo lo había impulsado a volverse. Su instinto, o quizás un ruido que había distinguido por debajo del golpeteo de la lluvia.

Al volverse, a la luz de un relámpago, había visto durante una fracción de segundo la cara del hombre al que seguía, antes de que el fogonazo de su pistola lo deslumbrara. Antes de que la bala de su pistola lo dejara inconsciente.

Se concentró con todas sus fuerzas en aquel retazo de memoria, en aquella cara que había vislumbrado fugazmente. Entre cuarenta y cinco y cincuenta años, corpulento, barba grisácea, pelo escaso. Nariz pequeña y cara carnosa. Estaba encima de él, en la azotea.

Mish inspeccionó la azotea, observó las ventajas del edificio de ladrillo. De pronto echaba de menos sentir un arma en la mano. No aquella pequeña pistola del calibre veintidós que había encontrado dentro de su bota y dejado en el rancho, sino un arma de verdad. Un fusil de asalto Heckler & Koch MP-5. O incluso un MP-4. Un arma con auténtico empaque, con la que se sintiera verdaderamente a gusto.

Entonces lo comprendió: había estado allí de verdad, deseando tener un arma de asalto.

Un fusil de asalto.

¿Quién demonios era?

—Mish, ¿estás bien?

Nada se movía en la azotea, y Mish pudo ver, a pesar de la penumbra, que si el hombre de barba lo había sorprendido había sido por pura suerte. Y que también había sido pura suerte que no lo matara.

O quizá no fuera suerte. Quizá fuera simple ineptitud.

Un aficionado.

Si el hombre de barba hubiera sido un auténtico pistolero, lo habría rematado antes de marcharse.

Al oír el arañar de unas botas sobre el pavimento, se giró bruscamente, agazapado y...

Becca.

Ella lo miró con perplejidad. Mish se incorporó rápidamente.

—¿Qué has recordado? —preguntó ella en voz baja.

—Que no vine aquí a entregar un paquete. De eso no hay duda.

CAPÍTULO 11

—Por favor —dijo Mish.

Su filete estaba tan intacto como la ensalada César con pollo a la parrilla de Becca. ¿Por qué se habían molestado en ir a un restaurante si ninguno de los dos pensaba comer? Becca pensó con anhelo en la pizza y la cerveza que había esperado poder compartir con él, preferiblemente desnudos en una cama de hotel.

—Quieres que te deje aquí —repitió ella—. Que vuelva al Lazy Eight esta misma noche. ¿Y ya está? ¿Buena suerte y hasta la próxima? ¿Aquí te quedas? ¿Gracias, pero ya no te necesito?

Hacía muchas horas que Mish no se acercaba a una maquinilla de afeitar y, con la barba despuntando, su cara tenía un aspecto extremadamente peligroso.

De no ser por sus ojos.

Sus ojos lo delataban.

Y le decían que quería que se quedara.

Pero Mish se inclinó hacia ella e intentó convencerla de lo contrario.

—No se trata de lo que desee o no desee, Bec. No es

tan sencillo. Que yo sepa, ese tipo, el hombre de la barba, puede seguir por esta zona. En la ciudad. Cerca de aquí. No sé dónde está, pero sé que, si viene a por mí, no quiero que estés cerca.

Becca suspiró y dejó de juguetear con su ensalada.

—Así que volvemos a la película de Clint Eastwood, ¿eh?

—Me disparó —dijo Mish tajantemente—. Me miró, apuntó y apretó el gatillo. Y...

Ahora fue ella quien se inclinó sobre la mesa.

—¿Y qué?

Él bajó la voz, desvió la mirada y apretó la mandíbula. Cuando volvió a mirarla, sus ojos tenían una expresión sombría.

—Y si yo hubiera tenido oportunidad, también habría apuntado y le habría disparado.

—¿Me estás hablando de un recuerdo o de una de esas cosas que sabes sin saber cómo?

—Eres muy graciosa, pero da la casualidad de que nada de esto me resulta cómico —contestó él, crispado.

Becca tomó su mano.

—No quiero hacerme la listilla, pero... —suspiró sonoramente—. Mish, no quiero montarme en mi camioneta y dejarte aquí. Todavía sigo pensando que podrías ser un repartidor de UPS.

Él apretó su mano antes de soltarla.

—Le habría disparado, Bec —afirmó en voz baja—. Y sí, es un recuerdo real.

Becca comenzó a tamborilear con los dedos sobre la mesa.

—¿Qué más recuerdas de esa noche?

—Llevaba mi cuarenta y cinco. No sé qué fue de ella.

Debieron de robármela junto con la cartera. La veintidós que llevaba en la bota era solo de repuesto, pero... Recuerdo que deseé tener un MP-5.

—¿Un MP-5?

—Un Heckler & Koch MP-5 —repuso él secamente—. Es un arma de asalto alemana. Un cepillo, en argot, porque se utiliza para despejar una habitación en un tiempo relativamente corto.

—¿Para despejar una habitación?

Mish asintió con un gesto.

—Sí, significa lo que parece —agarró con fuerza su vaso de agua, se lo llevó a la boca y bebió un sorbo—. Tengo un sueño recurrente —le dijo—. Estoy en una habitación, encerrado con otras personas. La puerta se abre de pronto y entran unos hombres con armas de asalto. Hay un forcejeo y una de las armas... Una Uzi. Dios, ¿cómo sé cómo se llaman esas cosas? —respiró hondo y siguió hablando con calma—. En el forcejeo, alguien da una patada a una Uzi y la lanza hacia mí, y yo la recojo y la utilizo para eliminar a los hombres armados. Una sola pasada con el dedo en el gatillo y los mato a todos. Eso es lo que significa despejar una habitación.

Becca movió la cabeza. Se negaba a creer que eso pudiera haber ocurrido. Al menos, no tan fríamente como él decía.

—Mish, sé que intentas demostrar que eres una mala persona, pero si supieras cómo son algunos de mis sueños... Hay uno en el que estoy en una tienda de muebles y...

—Esta tarde reconocí a los hombres de la furgoneta —le dijo Mish.

¿De la... furgoneta? Becca no lo preguntó en voz alta, pero comprendió que la pregunta se había reflejado como un eco en su expresión.

—La de los cristales tintados. La que estaba aparcada frente a la estación de autobuses —explicó él—. No sé de qué los conozco, a los dos, al más bajo, el del tatuaje, y al del pelo más claro, pero tengo clarísimo que los conozco de algo.

Becca no entendía nada.

—¿Por qué no les dijiste algo? ¿Por qué no te acercaste a ellos y averiguaste quiénes eran? Quizá pudieran haberte dicho quién eres.

—Estaban vigilando algo, está claro —contestó Mish—. Y sé que lo que dijiste esta tarde era broma, pero es posible que me estén buscando a mí.

—¿Vigilando? —Becca parecía incrédula—. ¿Cómo puedes saber qué estaban haciendo en esa furgoneta? No se veía el interior. Lo siento, Mish, pero...

—No me hacía falta ver el interior. Sabía que había tres hombres, aunque solo vi a dos, porque el del tatuaje llevaba tres cafés. Tres cafés grandes, lo que significa que pensaban quedarse allí un buen rato. El rubio hizo estiramientos cuando salió de la furgoneta. Está claro que llevaban allí un tiempo. Tanto, de hecho, que tenía prisa por entrar en el bar para usar el tigre.

—¿Para usar el...? ¿Qué tigre?

—El aseo —aclaró él—. El servicio. En argot.

Becca se echó a reír. No pudo remediarlo.

Mish también sonrió, pero su sonrisa se borró enseguida.

—Vete a casa, Becca.

Ella apoyó la barbilla en la palma de la mano. Estaba claro que no iba a ir a ninguna parte.

—¿Y si no recuerdas nada más? —preguntó—. ¿Y si no recuperas nunca la memoria?

Mish meneó la cabeza.

—La verdad es que no he pensado qué haré si sucede lo peor.

—Quizá no recuperar la memoria no sea lo peor —dijo ella con voz queda.

Él la miró un momento. Sabía adónde quería ir a parar. Él mismo lo había pensado muchas veces. Si no intentaba averiguar la verdad, si dejaba atrás lo que había hecho en el pasado, si empezaba de nuevo, desde cero...

—Sería como nacer otra vez —continuó ella—. Podría ser un regalo. Si de verdad crees que has hecho cosas tan terribles...

—Haces que suene tan tentador... —susurró él—. Pero estoy aquí. No puedo marcharme de Wyatt City sin hablar al menos con Jarell.

—Ah —dijo ella—. En eso tienes razón. Lo mismo pienso yo.

Lo miró fijamente mientras Mish escrutaba sus ojos. Pasados unos instantes, asintió con un gesto.

—Está bien. Reservaré dos habitaciones para esta noche.

Estaba decidido a mantener las distancias. Becca también asintió. Dejaría que ganara aquella batalla.

De momento.

Mish pasó los canales de televisión dos veces más, pero era como hacer un solitario que ya había dado de sí todo lo que podía. No apareció nada nuevo ni interesante como por arte de magia.

Un publirreportaje sobre el negocio inmobiliario. Un magazín nocturno en el que entrevistaban a una actriz que tenía un cuerpo como el de una superviviente de un campo de concentración: huesudo y macilento, y completamente falto de atractivos comparado con las suaves curvas del de Becca.

Comparado con sus pechos turgentes y sus muslos sedosos y...

Cambió de canal, removiéndose incómodo en la cama. Se negaba a pensar en Becca desnuda en sus brazos.

El canal de cine estaba emitiendo una comedia romántica acerca de un hombre que, tras ver fugazmente a una bella joven, comprendía que era su destino. Por lo que pudo deducir de los pocos minutos que había visto antes, el protagonista estaba decidido a conquistar a la chica por cualquier medio, incluido el engaño. Mentía sobre su nombre, sobre su identidad, su profesión, su pasado...

Vio unos minutos más y luego apagó el televisor, asqueado. Sabía cómo acababa la película. Triunfaba el verdadero amor y la chica perdonaba al héroe.

Pero la vida real no funcionaba así. La vida real estaba llena de errores imposibles de corregir, de equivocaciones imperdonables, de daños irreparables.

Y la mayoría de la gente no tenía una segunda oportunidad.

Tumbado en la cama, se quedó mirando el techo de escayola. Sentía un horrible vacío, a pesar de saber que era muy afortunado. Se le había concedido una segunda oportunidad, la ocasión de desprenderse de todos los errores que había cometido en el pasado. La posibilidad de empezar de cero, de enmendarse, de hacer las cosas bien.

Así pues, ¿qué estaba haciendo? Se había tendido allí y ansiaba cruzar el patio del motel y llamar a la puerta de la habitación 214.

La habitación de Becca.

Ella deseaba pasar de nuevo la noche con él. Se lo había

dicho. Pero él la había rechazado, obsesionado con la idea de protegerla.

Después de registrarse en el motel, le había dado las buenas noches y se había dado una larga ducha fría. También se había afeitado, aunque no sabía por qué. Iba a pasar la noche solo.

Y Becca estaba en su habitación. Sola. Al otro lado del motel.

Allí tumbado, solo, era incapaz de pensar en otra cosa que en la suavidad de los labios de Becca, en el encaje perfecto de sus cuerpos unidos, en el brillo de sus ojos, en la sonrisa satisfecha que curvaba sus labios después de... después de que los dos...

Ay, Dios. Tenía que mantenerse alejado de ella. Tenía que hacerlo. Se levantó y comenzó a pasearse de un lado a otro de la habitación. De pronto se acercó al televisor, junto al cual había dejado la llave de la habitación. Se la guardó en el bolsillo y salió.

La habitación 214 estaba al otro lado de la piscina, en la segunda planta. La encontró sin necesidad de contar las ventanas. Ya sabía dónde estaba. Detrás de las gruesas cortinas, vio el resplandor de la luz encendida. Becca estaba despierta.

Se acercaría y llamaría a la puerta, le preguntaría si quería que al día siguiente se vieran en una cafetería cercana para desayunar.

Cruzó el patio, subió las escaleras. Oyó el ruido de una radio dentro de la habitación 214, oyó a Becca cantando. Tenía una voz dulce, grave y musical.

Se quedó allí, con la cabeza apoyada contra la puerta, escuchándola cantar, y comprendió sin sombra de duda que no había ido allí a hablar del desayuno.

Había ido a quedarse hasta el desayuno.

No podía hacerlo. Por más que lo intentara, no podía mantener las distancias. Por más que lo intentara, no merecía la segunda oportunidad que, milagrosamente, se le había concedido.

Porque allí estaba otra vez, cediendo a la tentación, eligiendo el mal en vez del bien.

Ignoraba su propio nombre pero tenía la certeza de que, antes de que todo aquello acabara, haría daño a aquella mujer.

¿Tan difícil era no llamar a la puerta? Lo único que tenía que hacer era guardarse las manos en los bolsillos o ponerlas a la espalda. Y luego dar media vuelta y no pensar en que seguramente ella lo recibiría con un beso, lo haría entrar en su habitación, lo envolvería con el dulce perfume de su pelo recién lavado, con la suavidad de su piel tersa y limpia. Caería sobre la cama con él, lo abrazaría y...

No podía dar media vuelta. Y tampoco podía poner las manos a la espalda. Levantó una para llamar, pero no le dio tiempo.

La puerta se abrió de pronto.

Y allí estaba Becca, vestida con unos vaqueros cortos y una camiseta de tirantes que dejaba al descubierto sus hombros suaves. Llevaba en la mano una tarrina grande de helado con una cucharilla de plástico clavada encima.

—¡Mish! ¡Qué susto me has dado! —parecía sorprendida de verlo. Y contenta. Muy contenta.

—Sí —dijo él mientras se metía las manos en los bolsillos y daba un paso atrás—. Hola. Perdona. Me he dado cuenta de que no hemos hablado de qué vamos a hacer mañana. No quería hacerte madrugar si querías quedarte durmiendo y...

Ella comprendió qué hacía allí, comprendió que no tenía nada que ver con los planes del día siguiente. Mish lo notó en su sonrisa, en el calor de su mirada.

—Iba a ir a tu habitación —le dijo ella, y le mostró el helado—. He pensado que a lo mejor te apetecía compartir esto conmigo. Hace tanto calor esta noche y...

Y tenía intención de ir a su habitación para compartir algo más que el helado. Mish también lo sabía. Y ella sabía que lo sabía...

—Se les habían acabado los cucuruchos —explicó—, pero he pensado que podíamos extenderlo sobre nuestros cuerpos desnudo y turnarnos para lamerlo.

Mish se rio. No pudo evitarlo.

—Bueno —dijo ella, intentando no sonreír—. ¿Vas a pasar o qué?

Iba a pasar. Ella lo sabía y él también. Mish se perdió en sus ojos.

—¿Por qué no puedo mantenerme alejado de ti? —susurró.

—¿Y por qué habrías de hacerlo? —repuso ella en voz baja.

Cuando ella lo agarró de la mano y tiró suavemente de él para que entrara en la habitación, cuando cerró la puerta con llave tras él, Mish dejó de recordar por qué había contemplado siquiera la posibilidad de mantenerse apartado de ella. Becca dejó el helado encima del televisor y él la estrechó en sus brazos. Luego bajó la cabeza y, al besarla, se sintió zozobrar por completo en la dulzura de su beso.

Mientras Mish la besaba, Becca tiró de él hacia la cama. Temía que cambiara de opinión y se marchara. Sabía que tenía miedo de lastimarla. Que no la creía cuando le decía que solo buscaba una aventura pasajera, apasionada y sin exigencias. En aquel momento, ni ella misma se lo creía.

La noche anterior había sido increíble, a pesar de los secretos que se interponían entre ellos. Esa noche prometía ser aún más asombrosa.

Solo que esa noche era ella quien tenía secretos.

Mish desató con cuidado los tirantes de su camiseta y se la quitó con una mirada tan cálida como sus manos. Contuvo el aliento al ver sus pechos desnudos, y Becca se sintió de pronto como la mujer más bella y seductora del mundo.

Él la acarició delicadamente con la boca y las manos, la miró largamente. Becca tiró del bajo de su camiseta, intentando subirla, y él se la quitó por la cabeza. Después ella también comenzó a tocarlo. Deslizó las palmas de las manos por sus músculos bronceados, lo besó con delicadeza, se entretuvo en mirarlo.

El hematoma de su costado empezaba a borrarse. Sus músculos estaban asombrosamente bien definidos, como si acabara de salir de un manual de anatomía. O de un catálogo de ropa interior. Los brazos, los hombros, los pectorales... Tenía un cuerpo perfecto.

Pero sus ojos eran tan tiernos como duro era su cuerpo. Y deseaba hacerle el amor toda la noche, según le había dicho esa tarde.

Él bajó la cabeza y tocó con la lengua uno de sus pezones al tiempo que desabrochaba despacio el botón de sus pantalones cortos.

Toda la noche...

Becca lo besó despacio, lánguidamente, deleitándose en su boca. Era como si el mundo entero fuera a cámara lenta, y como si todos sus sentidos se hubieran afinado. Oía la respiración suave de ambos, el ruido que hizo su cremallera al bajar lentamente. Sintió la leve aspereza de los dedos de Mish sobre su piel. El delicioso frescor del aire acondicionado sobre sus pezones humedecidos por la lengua de Mish. La suavidad de seda de la espalda de él bajo sus manos. La tersura de sus mejillas al rozar su cara...

Se había afeitado por ella. Había acudido a ella a regañadientes, después de resistirse durante horas. Y sin embargo, consciente de que su resistencia era inútil, se había afeitado antes de ir a su habitación.

Era una tontería, en realidad. Que se hubiera afeitado carecía de importancia. Lo había hecho por simple consideración. Una pequeña muestra de amabilidad, de tacto, que sin embargo hacía aflorar, bullendo, todas sus emociones.

A Mish le importaba. No tenía ninguna duda de que la deseaba, pero saber que le importaba...

Estaba con el agua al cuello. Se había metido en un buen lío si el hecho de que aquel hombre se hubiera afeitado por ella bastaba para hacerla llorar de alegría. Pero no podía evitar sentirse así. Era demasiado tarde.

Se estaba enamorando de aquel hombre sin nombre.

Se sentía completamente subyugada por el suave calor de sus ojos, por su modo de escucharla cuando hablaba, por el hecho de que, pese a la bondad que parecía irradiar, no fuera un ángel. A pesar de sus buenas intenciones, se sentía atraído por ella tan poderosamente como ella por él. Y por más que lo intentaba, por más que deseaba lo contrario, no era capaz de mantenerse alejado de ella.

Mish le bajó los pantalones y las bragas lentamente por las piernas, y ella le quitó sin prisas los vaqueros. Luego, piel con piel, lo tocó, respiró su olor, lo besó. Se sentía arder por completo, pero prefería aquel fuego lento e intenso al destello repentino y violento de una llama que se extinguiría demasiado pronto.

No, no quería que aquello acabara.

Ignoraba qué le deparaba el mañana, y confiaba en que aquel tal Jarell no pudiera responder a ninguna de las muchas preguntas de Mish. La ponía nerviosa oírle hablar de fusiles de asalto. Eran las armas preferidas de los fanáticos que vivían en complejos paramilitares en las montañas. Organizaciones extremistas a las que Becca no tenía ningún deseo de unirse, por mucho que amara a aquel hombre.

Porque lo amaba desesperadamente. ¿Cómo había permitido que eso ocurriera?

Al invitarlo a cenar por primera vez, había imaginado que solo lo querría un poco. Una cantidad segura, sin riesgos. Lo suficiente para que tuviera sentido entregarse a aquella atracción física tan intensa, pero no tanto como para sentir que ya no era dueña de sí misma.

Había deseado tener una breve aventura con un guapo desconocido. No quería solamente sexo, pero tampoco hallarse en aquella especie de abismo emocional.

Sin embargo, estaba bien. No iba a pasar nada, porque era imposible que Mish se enamorara de ella. Podía soportar un amor no correspondido. Lo que no podía soportar era tener la esperanza de haber encontrado, al fin, contra toda probabilidad, el verdadero amor.

Porque, por más ilusiones que se hiciera, el verdadero amor no existía. Y Mish y ella acabarían por separarse, tarde o temprano. Y la esperanza destruida era mucho peor que la falta de esperanza.

Mish se apartó de ella y, al mirarlo a los ojos, Becca sintió que el corazón se le retorcía dentro del pecho.

—Te deseo —susurró. Sabía que él interpretaría equivocadamente sus palabras, pero aun así necesitaba decirlo. Necesitaba decir algo.

Mish volvió a besarla. Luego recogió los preservativos que ella había dejado sobre la mesita de noche. Becca cerró los ojos, se apretó contra él y sintió su verga dura y caliente, casi penetrándola. Estaba más que lista para él.

Tenía que ser algo biológico, una especie de instinto de anidación que iba acentuándose a medida que se acercaba su treinta cumpleaños. Mish se apartó de ella para ponerse el preservativo, y Becca resistió el impulso de aferrarse a él.

Mish le sostuvo la mirada cuando volvió a su lado, mientras la penetraba con una acometida lenta y perfecta.

Era tan delicioso, tan perfecto, que Becca lo atrajo hacia sí y lo besó, temiendo lo que él podía ver si la miraba con demasiado detenimiento.

Cerró los ojos y lo amó.

Toda la noche.

CAPÍTULO 12

—¿Señor Haymore?
—Los únicos que me llaman «señor Haymore» son los cobradores y los vendedores de revistas a domicilio —el hombre, un afroamericano alto, estaba junto a uno de los fregaderos de la cocina de la iglesia, de espaldas a Mish y Becca. No se dio la vuelta, sin embargo. Siguió lavando tallos de apio mientras hablaba—. Si has venido por eso, ya puedes irte por donde has venido. Me pillas en mal momento. Pero si vienes en son de paz, llámame Jarell, lávate las manos y remángate. Me vendría bien un poco de ayuda para picar todo este apio. Esta noche damos de cenar a doscientas personas, y el tiempo apremia.

Mish se acercó al fregadero y empezó a lavarse las manos.

—Jarell, pasé una noche en el albergue hace un par de semanas. ¿Te acuerdas de mí por casualidad?

En el rostro de Jarell se dibujó una enorme sonrisa.

—¡Pues claro que sí! ¡Pero si es el Misionero! ¡Mish! ¡Qué buena cara tienes, amigo mío! Estás estupendo, aunque vayas sin el uniforme. Apuesto a que no has vuelto a las andadas —le tendió una de sus grandes manos mojadas para estrechar la suya y luego lo abrazó—. ¡Alabado sea Dios! ¡Esta sí que es buena!

—¿Sin el uniforme? —aquellas palabras le sonaban extrañamente familiares.

—Sí, has venido a por tu chaqueta, ¿no? Pero me temo que está muy manchada y... —vio al Becca al soltar a Mish—. Oye, ¿quién es esta?

—Becca Keyes —contestó Mish—. Una... una amiga mía.

Ella lo miró un momento, comprendiendo sus dudas, y Mish sintió una oleada de deseo al recordar un instante de esa noche. Vio a Becca sentada a horcajadas sobre él, con la cabeza echada hacia atrás y los pechos tensos de deseo, gozando mientras él también estallaba de placer. Una amiga, sí, aunque ese término se quedara muy corto. «Amante», sin embargo, tampoco bastaba para abarcar la intensidad de su relación.

Jarell se secó las manos en un paño antes de envolver a Becca en un abrazo de bienvenida.

—¿Me dejé... una chaqueta aquí? —preguntó Mish.

—Sabía que volverías a buscarla —Jarell asió un cuchillo y se puso a cortar el apio—. Aquella mañana estabas bastante aturdido. Llevabas la chaqueta puesta cuando llegaste, junto con una camisa, pero estaban tan empapadas que entre Max y yo te las quitamos para que no pillaras un resfriado. Perdona que no te lo recordara por la mañana, pero, como te decía, la chaqueta está hecha polvo —dejó el cuchillo y se secó otra vez las manos mientras se dirigía a la puerta de la oficina—. Voy a traértela.

—Gracias —dijo Mish. Su chaqueta. Y una camisa. Ignoraba qué aspecto tendrían, pero quizá, solo quizás, hicieran aflorar algún recuerdo.

Becca tocó su mano.

—No esperes demasiado —dijo en voz baja.

Él forzó una sonrisa.

—Nunca lo hago.

—Aquí está —dijo Jarell al volver a la cocina con una bolsa de plástico—. Si consigues limpiarla, por lo menos te mantendrá caliente. Aunque con la ola de calor que estamos teniendo, no va a hacerte mucha falta, que se diga.

Mish tomó la bolsa y echó un vistazo dentro. La chaqueta era negra. Por lo que podía ver, una chaqueta de traje normal. Nada especial, nada de particular. Sintió una oleada de desilusión. Aun así, quizá Jarell pudiera ofrecerle algún dato más.

Becca había empuñado un cuchillo y se había puesto a picar el apio. Jarell le sonrió. A Mish le temblaban tanto las manos que temía cortarse si lo intentaba.

—Me estaba preguntando —dijo—, si esa noche fue la única que pasé en el albergue, o si... —carraspeó—. Sé que suena fatal, pero quería saber si he pasado aquí alguna otra noche.

Jarell soltó un soplido mientras empezaba otra vez a cortar apio.

—Vaya, pillaste una buena cogorza, ¿eh? No te puedes imaginar cuántas veces lo he visto, Mish. Un buen hombre cede a la tentación, se toma una copa y acaba borracho como una cuba en cualquier parte —se rio de mala gana—. Y luego, el resto de su vida, es incapaz de recordar esos días de apagón y se pregunta constantemente dónde estuvo y en qué líos se metió —suspiró otra vez—. Que yo sepa, fue la primera y única vez que dormiste en el albergue. La noche que te trajeron, yo llevaba cinco días seguidos haciendo el turno de noche. Al hermano de Rico lo detuvieron en Natchez y yo lo estaba sustituyendo. Por eso hice más noches de lo normal. Así que, a no ser que llevaras bebiendo a lo bestia más de una semana y durmiendo en otra parte, lo cual es enteramente posible... —sus ojos se oscurecieron, llenos de compasión—. ¿Cuántos días de apagón estás intentando recordar?

Mish miró a Becca solo un instante. Le caía bien Jarell, pero confesar la verdad le hacía sentirse vulnerable. No quería hablar de su amnesia.

—Muchos —contestó vagamente.

—Hmm —Jarell miró el apio con el ceño fruncido—. ¿Es buena o mala noticia si te digo que hace un par de días vinieron dos tipos preguntando por ti y enseñando tu foto?

Maldición.

—¿Uno de ellos tenía un alambre de espino tatuado en el brazo? —preguntó Mish, aparentando tranquilidad—. ¿Y el otro era rubio y tenía pinta de californiano?

—Aciertas en lo del tatuaje —dijo Jarell.

Becca dejó escapar una leve exclamación y al mirarla Mish vio que se había cortado en un dedo.

—Pero el que venía con él era un indio americano. Un tipo grandullón, con el pelo negro, muy callado. Me recordó al Jefe de *Alguien voló sobre el nido del cuco* —señaló con la cabeza hacia el fregadero—. Ponlo bajo el agua fría —le aconsejó a Becca. Miró a Mish—. También querían saber si habías pasado aquí más de una noche. Parecían bastante amables...

—¿Pero?

—Pero peligrosos —reconoció Jarell—. Fue solo una corazonada, un presentimiento, pero eran de esos tipos a los que conviene tener de tu lado. De esos a los que es preferible no tener por oponentes, aunque sea jugando al béisbol —hizo una pausa—. ¿Quieres dejarles algún mensaje por si vuelven a venir?

—No —respondió Mish—. Gracias, pero sé dónde encontrarlos.

—¿Quieres que les diga que has estado aquí si vuelven preguntando si..? —Jarell tenía una mirada sagaz. Había llevado una vida dura.

Mish sacudió la cabeza.

—Te agradecería que no les dijeras que hemos estado aquí, pero no quiero pedirte que mientas.

Jarell sonrió.

—No tendría que mentir. Solo tendría que ponerme a soltar citas bíblicas. Seguro que sabes lo que ocurriría si lo hiciera. Las preguntas se acabarían en un abrir y cerrar de ojos.

Mish se rio.

—Muchas gracias.

—No hay de qué, hombre.

Mish volvió a mirar dentro de la bolsa. Quería examinar detenidamente la chaqueta y la camisa, pero no allí. En la habitación de Becca en el motel, quizá. Después de correr las cortinas y pasar una hora o dos desnudos...

Estaba mirándola fijamente. Y ella lo miraba con expectación. No lo había creído cuando le había dicho que conocía de algo a los ocupantes de la furgoneta. Pero ahora lo creía. Y empezaba a darse cuenta de que todo aquel embrollo no era una película de Clint Eastwood, sino la vida real. La vida de Mish.

Apartó la mirada de ella y haciendo un esfuerzo sonrió al tenderle la mano a Jarell.

—Gracias otra vez. Por todo.

Jarell le dio una palmada en la mano.

—De nada. Me alegro de haberte sido de ayuda.

Mish abrió la puerta que daba al aparcamiento y retrocedió para que Becca saliera primero.

—Pero acuérdate —le dijo Jarell—. Día a día, padre. Día a día.

—¿Padre? —repitió Becca. ¿Acababa de llamarlo «padre»?

Cuando salieron de la cocina, el sol de la tarde brillaba, abrasador. Mish escudriñó los alrededores como si buscara algún rastro del hombre tatuado o de sus amigos de la furgoneta de vigilancia. Dios santo, ¿estarían buscándolo a él de verdad?

Mish meneó la cabeza, distraído.

—Qué apodos tan extraños inventa.

Becca abrió la puerta del copiloto de su camioneta y rodeó el capó.

—¿Por qué te apodó Misionero?

Dentro de la camioneta, Mish alargó el brazo para abrirle la puerta.

—No lo sé —miró la bolsa que sostenía; luego volvió a pasear la mirada a su alrededor, a través del parabrisas—. ¿Te importa que volvamos a la habitación?

—¿Para poder correr las cortinas y escondernos? —se preguntó ella en voz alta mientras arrancaba—. Mish, quizá deberías acercarte a esos hombres y averiguar quiénes son y por qué te están buscando.

Se quedó callado, incapaz de recitar la larga lista de razones por las que acercarse a aquellos hombres podía ser un error fatal. Cabía la posibilidad de que alguien les hubiera enviado para acabar el trabajo que el hombre de la barba había dejado a medias. Quizá lo agarraran, lo metieran en la furgoneta, lo llevaran a algún lugar aislado y le pegaran dos tiros en la nuca. También era posible que, antes de hacerlo, lo llevaran a algún lugar apartado y le hicieran preguntas a las que no podría responder por más daño que le hicieran. ¿Acaso no sería divertido?

Pero fue al pensar que podían apoderarse de Becca y hacerle daño cuando se le heló la sangre en las venas.

—O quizá deberíamos recoger nuestras cosas —sugirió ella—, marcharnos del motel y volver al Lazy Eight. Puedes trabajar para mí todo el tiempo que quieras, mientras lo necesites. Si quieres, puedo enseñarte a ocuparte de los caballos. Puedo enseñarte a montar. Puedo... —se interrumpió como si de pronto se diera cuenta de que parecía desesperada—. Me gustas, y me preocupo por ti —intentó explicar—. Ya lo sabes. No me he esforzado mucho por disimularlo. Lo único que digo es que, si de verdad quieres dejar todo esto atrás, estoy aquí para ayudarte en todo lo que pueda.

Mish sintió una oleada de emoción que se agolpó detrás de sus ojos y le oprimió el pecho. «Estoy aquí...». No quería estar solo. No lo estaba. Y sin embargo, al mismo tiempo, sentía una extraña mezcla de alivio y desilusión por que ella no hubiera dicho que lo quería. Era absurdo sentirse decepcionado. Ya le daba pánico hacer daño a Becca, que se involucrara en todo aquello, que por su culpa corriera peligro.

Que el cielo se apiadara de ellos si llegaba a la conclusión de que lo amaba...

—Gracias —le dijo—. Pero... quiero echar un vistazo a la chaqueta y a la camisa antes de decidir qué hacer.

—¿Imagino que no habrá una etiqueta con el nombre dentro de la chaqueta? —Becca se rio—. Seguramente no. Debe de hacer varios años que tu madre no te manda a un campamento de verano.

Mish solo consiguió esbozar una débil sonrisa.

—Mira, Bec, sé que tienes que volver al rancho...

—Puedo llamar a Hazel, preguntarle cuántos huéspedes hay y ver si puedo tomarme un par de días más. Que yo sepa, había pocas reservas para esta semana, así que, a no ser que llegue un batallón de huéspedes de repente, ahora mismo no me necesitan.

Entró en el aparcamiento del motel y detuvo la camioneta junto a su habitación. Después, lo miró con aire casi desafiante.

—A no ser que todavía quieras que me vaya.

Mish se apeó, incapaz de quedarse allí, a plena luz del día, expuestos a la vista de cualquier que pasara.

—No quiero que corras peligro. Si alguien viene a por mí...

—Entonces vámonos juntos de Wyatt City —Becca tuvo que correr para alcanzarlo—. Enseguida.

Él abrió la puerta y entraron.

Hacía fresco en la habitación, y la penumbra resultaba relajante después del brillo hiriente del sol de la tarde. Habían dejado puesto el letrero de «no molestar», y las sábanas de la cama seguían revueltas. Los envoltorios de los preservativos que habían usado todavía estaban tirados por el suelo.

Mish cerró con llave, consciente de que la deseaba de nuevo con la misma intensidad que la noche anterior. O más aún.

Ella también lo sabía. Lo besó con suavidad, frotando sus labios y su cuerpo de un modo inconfundible.

—¿Por qué no esperamos hasta esta noche para irnos? —preguntó—. Podemos tomárnoslo con calma, echar una siesta. Dormir un par de horas, quizá.

Mish la agarró y la apretó con fuerza contra sí. La besó con vehemencia, dejando que sintiera su excitación.

—¿Dormir?

Ella sonrió, contenta de que ya no intentara ocultar el deseo que ardía entre ellos en cuanto se miraban a los ojos.

—He dicho «quizá». Pero... lo primero es lo primero.

Se apartó, recogió la bolsa de plástico que Mish había dejado caer y la llevó a una mesita, junto a la ventana.

—Ah, es a esto a lo que huele —sacó la chaqueta y la sostuvo en alto. Estaba tiesa, recubierta de barro y manchada. Y olía mal—. Caramba, si cuando te despertaste en el albergue olías así, Jarell se equivocó al ponerte el apodo. Debería haberte llamado «Mofeta».

Le pasó la chaqueta y Mish hizo una mueca.

—¡Puaj! Lo siento. Puedo sacarla si quieres.

—Puedo soportarlo. Trabajo con caballos —le recordó ella mientras sacaba la camisa—. ¿Sabes?, lo de las etiquetas con el nombre era una broma, pero a veces en las tintorerías graban parte del nombre de los clientes, o incluso el nombre entero, dentro de los faldones de las camisas.

Allí no había nada, sin embargo. La camisa blanca había quedado inservible. Tenía manchas de sangre que se habían vuelto de color marrón oscuro. Era sangre de Mish.

Le habían disparado y, creyéndolo muerto, lo habían dejado sangrando en un callejón. Al pensarlo, Becca se sintió un poco mareada.

—Mira en los bolsillos de la chaqueta —le dijo, intentando aparentar naturalidad.

—Están vacíos —informó él—. Pero...

Becca se volvió hacia él.

—Creo que hay algo cosido dentro del forro. Aquí, en el bajo.

Le tendió la chaqueta y, en efecto, había algo duro allí dentro. Algo pequeño, pero rígido.

—Tengo una navaja suiza en el bolso —le dijo ella, pero Mish ya había rasgado el forro.

Era una llave. Una llave grande que quizás abriera una habitación de hotel o una taquilla. Llevaba un número grabado: 101.

Mish arrancó todo el forro de la chaqueta, pero no había nada más escondido debajo. Ni notas, ni mensajes, ni nada de nada.

Mientras Becca lo observaba, sopesó la llave.

—¿Qué te apuestas a que esta llave encaja en una taquilla de la estación de autobuses? —preguntó con amargura.

—¡Pero eso es genial! —exclamó Becca—. ¿No?

No contestó, y ella cayó de pronto en la cuenta. La furgoneta de aquellos hombres estaba aparcada frente a la estación de autobuses. ¿Era posible que supieran que Mish había guardado algo (una maleta, quizá, o un petate) en la consigna de la estación? Obviamente, Mish parecía creer que sí.

Recogió la bolsa de plástico para meter en ella la chaqueta rota y la camisa, pero Becca comprendió por cómo la sujetaba que dentro había algo más. Mish lo sacó. Al igual que la chaqueta, había sido blanco en algún momento y...

Mish se quedó mirándolo.

Becca también lo miraba fijamente. Tuvo que sentarse en la cama.

—¿Es... es tuyo? —preguntó débilmente.

Claro que era suyo. Lo había llevado puesto. Estaba manchado de sangre.

Becca nunca había visto uno de cerca, pero sabía lo que era. Un alzacuellos. De los que llevaban los reverendos.

Un pastor.

Parecía una broma absurda y, tratándose de cualquier otro hombre, Becca se habría reído. Pero, tratándose de Mish, parecía posible.

Y de pronto todo tenía sentido. Su serenidad siempre alerta. Su compasión, su ternura. Su capacidad para escuchar.

Jarell, que lo sabía, lo había llamado «padre».

Mish parecía atónito.

—No —dijo con convicción. Pero luego añadió, indeciso—: No creo...

Se sentó a su lado.

En la cama.

En la cama en la que habían hecho el amor esa noche y de nuevo esa mañana... Dios santo, ¿qué habían hecho?

—Bueno —dijo Becca, temblorosa—, supongo que tenías razón en lo de no estar casado —se rio, pero su risa sonó casi histérica. Tenía lágrimas en los ojos. Los cerró con fuerza, intentando conservar la calma—. Vamos a la estación de autobuses, a ver si esa llave encaja en alguna taquilla. ¿De acuerdo? Vamos ahora mismo a ver qué hay dentro.

Ignoraba qué más iban a descubrir. Dios, ¿qué había hecho?

—No tiene sentido —masculló Mish como si no la hubiera oído—. Si soy un... —respiró hondo—. No lo soy. Sé que no lo soy. Porque ¿por qué iba a llevar una pistola escondida en la bota? ¿Cómo puedo saber tanto de armas y de munición y...? ¿Y todo ese dinero que llevaba encima? No, no lo soy. No lo soy...

—Si eres... pastor —dijo ella con esfuerzo—, soy yo quien tiene la culpa de que hayas faltado a tus votos. Yo te seduje. Esto no es culpa tuya, sino mía —no pudo contener las lágrimas, por más que lo intentó—. Dios mío, Mish, lo siento muchísimo...

—Eh —la rodeó con los brazos y la atrajo hacia sí—. Shhh. Todo se va a arreglar, Bec, te doy mi palabra. Aunque sea... —respiró hondo y exhaló con fuerza—. Mira, lo que hemos compartido ha sido maravilloso. No ha sido un error. Ha sido especial, y perfecto, y... Ha sido un regalo, Becca. Algo que la mayoría de la gente no tiene ocasión de experimentar. Y sea lo que sea lo que averigüe sobre mí mismo, no voy a arrepentirme de ello. Me niego a hacerlo.

Ella levantó la cabeza y lo miró. Tenía cara húmeda. A Mish se le encogió el estómago. Odiaba hacerla llorar.

—¿Recuerdas algo de...?

Él la cortó:

—Estoy en blanco, Bec. Te lo juro. Si recordara algo de eso, lo que fuese, ya te lo habría dicho —se rio con desgana—. Ni siquiera recuerdo cuándo fue la última vez que pisé una iglesia.

—Intentaste guardar las distancias. En cierto modo debías de saberlo —se le saltaron de nuevo las lágrimas—. Y yo no me di por vencida. No quise aceptar un no por respuesta.

—No pasa nada —dijo él con vehemencia—. Por favor, no llores. Todo se va a arreglar.

—¿Cómo va a arreglarse —preguntó ella en voz baja—, si todavía me muero por besarte?

Mish no pudo responder. Se había quedado sin habla. Sabía, sin embargo, que, por más que lo deseara, besar su boca temblorosa no era una respuesta adecuada a aquella situación. Con todo, durante unos segundos, mientras contemplaba sus ojos, dudó al borde del abismo.

Becca se apartó bruscamente de él y, desasiéndose de sus brazos, cruzó la habitación.

—¡Estoy enamorada de ti, maldita sea! —exclamó, mirándolo con rabia—. ¿Cómo van a arreglarse las cosas?

Mish observaba la furgoneta desde la azotea de un taller de neumáticos cercano, a través de unos prismáticos que había comprado en los únicos grandes almacenes que quedaban en aquella ciudad fantasma.

Seguía aparcada en las inmediaciones de la estación de autobuses. Y dentro de la estación, a través de la luna, veía una hilera de taquillas desvencijadas. La número 101 estaba cerca del suelo, la cuarta por la derecha. Tenía unos ochenta centímetros de alto y unos cuarenta de ancho. Los ocupantes de la furgoneta (el del tatuaje, el californiano y el indio) podían verla con toda claridad. ¿Sería una coincidencia? Quizás. Pero Mish no pensaba arriesgarse.

Tenía que conseguir lo que hubiera dentro de la taquilla sin que lo vieran. Pero ¿cómo? ¿Distrayéndolos pasando a su lado y dejando que vieran su cara? ¿Obligándolos a perseguirlo mientras Becca entraba en la estación con la llave y...?

No. ¿Y si había más? ¿Y si había otras personas vigilando la taquilla 101? No podía poner a Becca en peligro. Ni soñarlo. No, gracias.

Estaba enamorada de él.

Mish no recordaba la última vez que había sentido frío y calor al mismo tiempo, como le había ocurrido cuando Becca había soltado aquella bomba. No recordaba haber querido nunca una cosa con tanto ardor y al mismo tiempo no quererla.

Tenía que conseguir lo que había dentro de la taquilla. Tenía que averiguar la verdad sobre sí mismo, ahora más que nunca.

Iba a tener que eludir la vigilancia de aquellos hombres por sus propios medios.

Y sabía cómo hacerlo.

Tenía gracia: conocía toda clase de trucos. Sabía cómo moverse con sigilo, sabía cómo escapar sin ser visto.

Pero, por más que lo intentaba, no recordaba más que las oraciones más sencillas.

Él no era un reverendo.

Claro que quizá fuera el diablo.

CAPÍTULO 13

Sentado en la furgoneta, Lucky bebía el que parecía ser su decimocuarto café en cuatro horas y luchaba por mantenerse alerta.

Eso era lo peor de vigilar. No solo permanecer despierto, sino estar atento.

Imaginaba situaciones desastrosas. A eso lo llamaban jugar a la guerra. Planeaba hasta el último detalle qué haría si el teniente Mitchell Shaw aparecía caminando por la calle. Preveía qué haría si Mitch aparecía de pronto delante de la taquilla 101. Imaginaba cuál sería su reacción si Mitch irrumpía de pronto atravesando el techo de la estación, agarraba su maleta y era izado de nuevo con una cuerda por la azotea del edificio.

Y planificaba su siguiente conversación telefónica con Joe Cat.

Había organizado esa jornada de modo que Bobby fuera a relevarlo con tiempo de sobra para que pudiera regresar al motel y estar preparado cuando llegara la llamada del capitán.

Con un poco de suerte, el almirante Robinson habría

llegado a California y todo aquel embrollo se aclararía con una explicación de lo más sencilla: Mitchell Shaw estaba siguiendo los protocolos del Grupo Gris para operaciones de incógnito, protocolos que el almirante no le había explicado al capitán antes de marcharse. Las posibilidades eran infinitas.

Así Bobby, Wes y él podrían largarse de aquel lugar polvoriento y regresar al mar. Después de aquello, se merecían una misión de altos vuelos. Una misión en la que hubiera que bucear un montón, en un sitio que se pareciera mucho a Tahití, lleno de mujeres hermosas...

—Movimiento dentro —dijo Wes—. Derecho hacia nuestra taquilla.

Una mujer se acercaba arrastrando los pies. Caminaba despacio, penosamente, como si sus piernas, cargadas con cuarenta kilos de más, no tuvieran ya fuerzas para soportar tanto sobrepeso. Llevaba un vestido azul que caía casi hasta el suelo desde su trasero del tamaño de un Volkswagen Escarabajo. Lucía calcetines cortos, con reborde de puntilla, y calzaba unas deportivas viejas. Se cubría la cabeza con una gorra de béisbol de la que sobresalía su cabello oscuro y desgreñado, y llevaba la cara embadurnada de maquillaje. Acarreaba una bolsa de basura negra, el último grito en bolsos de alta costura.

Mientras la observaba, dio media vuelta y se alejó de las taquillas. Lucky sintió que se relajaba. La mujer se dirigió al mostrador de la estación y compró un billete; sacó dinero de un monedero con lentejuelas y lo contó con minuciosa lentitud.

Con el billete en la mano, avanzó trabajosamente hasta las sillas de plástico duro que había junto a los teléfonos públicos y encajó su enorme trasero en una de ellas.

No había nadie más alrededor. El siguiente autobús, el diario de las 4:48 con destino a Albuquerque, tardaría aún veinticinco minutos en abrir sus puertas a los pasajeros.

Lucky soltó un exabrupto.

—Me sé el horario de los autobuses —dijo cuando Wes levantó la mirada.

—Yo también —Wes hizo una mueca—. Supongo que podríamos encontrar trabajo aquí, si hay recortes en el Ejército.

—Claro —contestó Lucky—. Ya estoy deseando volver a Wyatt City. Aunque solo después de muerto, gracias. ¿Cómo puede vivir la gente sin mar?

En la estación de autobuses, la mujer de la bolsa de basura se levantó de su asiento.

—Ni idea —repuso Wes—. Hablando del mar, ¿te importa que vaya a echar una meadita?

La mujer se dirigió de nuevo hacia las taquillas, derecha hacia la 101, y se colocó justo delante de ella. Su trasero era tan enorme que Lucky no vio qué demonios estaba haciendo allí.

Lanzó otra maldición.

—Espera —le dijo a Wes—. Quiero echarle un vistazo.

—¿A esa? Lo siento, seguro que es una señora encantadora, pero no es precisamente el tipo de Mitch Shaw. Se supone que tenemos que buscar a alguien por quien esté dispuesto a comprarse un traje nuevo. Alguien por quien pueda vender a su país y...

—Espera aquí. Nos está tapando la vista —ordenó Lucky, apeándose de la furgoneta—. Enseguida vuelvo.

Se dirigió hacia las puertas de la estación. Tenía los músculos agarrotados por la falta de ejercicio. Pasó delante de las taquillas, delante de la gruesa señora, y entró en el vestíbulo y se giró como si buscara a alguien. No había nadie por allí, claro. Hasta el vendedor de billetes había desaparecido.

Se encaminó hacia la mujer.

—Disculpe, señora, ¿ha visto a una mujer con un bebé? —esbozó su sonrisa más compungida—. Tenía que haberles recogido hace una hora, y no sé cómo se me ha pasado el tiempo.

Todo iba bien. Al acercarse vio que la señora estaba sacando de su bolsa lo que parecía ropa sucia y un montón de revistas viejas y guardándolo en la taquilla número 99. Estaba abajo, al lado de la 101, que seguía cerrada a cal y canto. La mujer lo miró y sacudió la cabeza.

Sombra de ojos azul. ¿Quién demonios había inventado la sombra de ojos azul? A Lucky no lo molestaba, siempre y cuando se aplicara con mesura, pero los párpados de aquella señora parecían casi de neón. Llevaba la cara tan empolvada que su piel parecía de un rosa opaco. Y olía como si hiciera cuatro meses que no se bañaba. «Imagínate que te toque ir a en autobús hasta Albuquerque sentado al lado de esta maravilla».

Lucky dio un paso atrás.

—No, lo siento. No he visto a nadie —su voz sonaba como si llevara setenta años fumando tres paquetes de Marlboro al día.

—No importa —dijo Lucky mientras retrocedía—. Gracias, de todos modos.

Salió a la calle y respiró una profunda bocanada del aire caliente que despedía la acera. Tampoco tenía un olor muy fresco, pero olía mejor que aquella señora.

Montó en la furgoneta y subió al máximo el aire acondicionado.

—Ya puedes irte al servicio —le dijo a Wes—. No es más que una indigente.

—No me digas —rezongó Wes antes de salir por la puerta de atrás.

A través del parabrisas y de la luna de la estación, Lucky vio a la mujer cerrar la taquilla, guardarse cuidadosamente la llave y dirigirse arrastrando los pies hacia el aseo de señoras.

La estación quedó de nuevo vacía.

Wes regresó cuatro minutos después, llevando varias latas de refresco frías.

La señora tardó veintitrés minutos más en salir del aseo. Cuando por fin apareció, seguía llevando su bolsa de plástico. Volvió a las taquillas y se plantó de nuevo frente a la número 99. Estuvo largo rato hurgando en su bolsa.

Por fin, cuando el autobús de las 4:48 abrió sus puertas, se alejó de las taquillas y se encaminó hacia el autobús con su bolsa de plástico, dejando la taquilla 99 abierta y vacía.

Seguramente le vendría bien airearse un poco.

Mientras Lucky la observaba, la mujer salió por la gran puerta de cristal de atrás y desapareció tras el autobús. Lucky vio que el autobús se sacudía ligeramente y se la imaginó subiendo trabajosamente los escalones uno por uno, con la bolsa de basura en la mano.

Todavía era temprano. Pasarían diez o quince minutos antes de que otras dos o tres personas corrieran a embarcar en el último momento.

Lucky se relajó en su asiento.

—Bueno, ¿ya has pensado que vas a regalarle a Ellen por su boda? —preguntó Wes, visiblemente aburrido.

—Sí —contestó Lucky a regañadientes. Una cita con un psicólogo, porque está claro que cualquiera que se case a su edad está mal de la cabeza.

—Ah —dijo Wes. Y, prudentemente, prefirió quedarse callado.

Pasaron doce minutos, largos y aburridos.

Lucky observaba las taquillas, observaba la estación, esforzándose por mantenerse despierto y alerta, imaginando de nuevo escenarios posibles. Naturalmente, si él fuera Mitch, esperaría hasta que oscureciera para aparecer. Si fuera Mitch...

Allí estaban. Un coche ranchera lleno de chicas jóvenes. Tres iban a Albuquerque, dos se quedaban. Lucky las vio comprar los billetes a toda prisa, entre un revuelo de besos y abrazos. Agitando la mano, las tres pasajeras desaparecieron al otro lado del autobús, subieron y...

Solo tardaron unos segundos en volver a entrar en la estación.

Lucky estaba demasiado lejos para leer sus labios, pero por su expresión y los gestos que hacían mientras hablaban con sus amigas estaba claro que no les gustaba cómo olía el autobús de las 4:48. Regresaron al mostrador. Señalaron hacia el autobús sin dejar de hablar.

El empleado de la estación meneó la cabeza, se encogió de hombros, señaló al conductor, un hispano joven y guapo que sonrió a las mujeres. Y así, de pronto, se esfumó la tensión. Se pusieron todos a flirtear un poco. Las mujeres le explicaron lo del olor y el conductor asintió, sacó pecho, cuadró los hombros y desapareció detrás del autobús.

Las mujeres se quedaron revoloteando por allí, atusándose la melena, ajustándose el sujetador bajo la camiseta, humedeciéndose los labios, en espera de que regresara su héroe.

Pasó un minuto, dos, tres... Después, el conductor regresó sosteniendo con dos dedos lo que parecía una chaqueta de traje rota y...

¿Una bolsa de basura negra?

—¡Maldita sea! —exclamó Lucky, saliendo atropelladamente de la furgoneta. Entró corriendo en la estación, pasó junto a las mujeres y el conductor, salió por la puerta de atrás y rodeó el autobús.

La puerta estaba abierta. Subió corriendo y...

El autobús estaba vacío. Completamente vacío.

Lo registró, corrió hasta el fondo, pero la mujer del vestido azul había desaparecido. Maldijo otra vez, bajó de un salto los escalones del autobús y entró en la estación.

El conductor había dejado la bolsa de basura junto a una papelera rebosante. Lucky la agarró, la abrió y...

Un gigantesco vestido azul. Calcetines con reborde de puntilla. Gorra de béisbol. Revistas viejas y un montón de trapos. Y, en el fondo, la llave de la taquilla 101.

Wes había entrado. Vio a Lucky agarrar la llave y abrir la taquilla.

Estaba vacía.

El «maletín de mago», como lo llamaba Mitch, ya no estaba.

—¡Hijo de perra! —gritó Lucky—. ¡Hijo de perra!

Aquella señora apestosa era Mitch Shaw.

Era absurdo buscarlo. Un hombre con experiencias en operaciones de alto secreto como Mitch se habría esfumado hacía rato. O se habría escondido tan bien que no podrían encontrarlo.

Wes siguió a Lucky a la furgoneta. Subieron en silencio.

—Me miró directamente —dijo Lucky, ofuscado, mientras ponía en marcha el motor—. ¡Tuvo que reconocerme! Me conoce, hemos estado juntos en varias reuniones. ¿Qué demonios está pasando?

—Tenemos que llamar al capitán —dijo Wes con

calma—. No sé, teniente, pero quizá tengamos que dejar de pensar en Mitch como uno de los nuestros y empezar a pensar en él como el enemigo. Si se ha vendido...

Lucky asintió con un gesto. No iba a ser fácil. Como no iba a serlo decirle a Joe Cat que había dejado que Shaw se le escapara delante de sus narices.

—Jamás pensé que diría esto, pero voy a decirle al capitán que tal vez sea hora de que intervenga el alto mando.

Becca conducía en dirección norte por carreteras estatales mientras se ponía el sol.

Mish iba sentado a su lado, la maleta de cuero que había encontrado en la estación de autobuses a sus pies.

No había dicho más de veinte palabras desde que ella había dejado caer la bomba en la habitación del motel. Y dos de esas palabras habían sido una disculpa. Becca meneó la cabeza. Le había dicho que lo quería, y él había respondido «lo siento». Aun así, imaginaba que era lo mejor. No sabía qué habría hecho si él le hubiera dicho que también la quería. Era una idea demasiado perturbadora.

Lo cierto era que no quería que Mish la quisiera.

Aunque hubiera sido un vaquero normal y corriente, un tipo normal, aunque no tuviera amnesia ni una herida de bala, aunque no hubiera llevado alzacuellos, no quería que la amara.

El amor era demasiado arriesgado. Demasiado incierto. Cuando pensaba en su futuro, no quería que delante de ella se abriera un inmenso agujero negro con la leyenda «¿Y si deja de quererme?».

Mish lamentaba que se hubiera enamorado de él, y ella también. Pero al menos ella sabía lo que le deparaba el futuro. Sabía que tarde o temprano (posiblemente no tardando mucho, tal y como iban las cosas), él se marcharía.

Y ella lo echaría de menos. Ya lo echaba de menos.

Desde el instante en que había visto aquel alzacuellos, su relación había cambiado drásticamente, y ella echaba en falta sentirse libre de tocarlo, de tomar su mano, de mirarlo a los ojos y soñar con la noche que se avecinaba.

Ahora ya no podría hacerlo hasta que supiera con toda certeza quién y qué era Mish.

Su viaje había tocado a su fin y, pronto, posiblemente en cuestión de unas horas, se separarían. Y ella se sentiría fatal un par de semanas o meses, hasta el día en que, al despertar, se diera cuenta de que podía pensar en él sin sufrir. Después descubriría que podía preguntarse fugazmente dónde estaría y sonreír al recordar cómo había tocado un instante su corazón.

Pero antes de que eso ocurriera, antes de que él se marchara, quería saber la verdad. Quería saber quién era. Quería averiguar qué había dentro de aquella maleta.

En la habitación del motel, después de decirle que lo sentía, Mish se había marchado rápidamente alegando que tenía que ir a la estación de autobuses. Pensaba averiguar si la llave que habían encontrado en su chaqueta abría de verdad una taquilla de la consigna. No le había explicado cómo planeaba hacerlo sin que se percataran los hombres de la furgoneta. Solo le había dicho que se reuniera con él dos horas después en el aparcamiento de un bar de lujo, o algo parecido, que había al norte de la ciudad. Después se había marchado llevándose su chaqueta y el alzacuellos.

Becca lo miró ahora y echó una ojeada a la maleta que él tenía a sus pies. Era de piel oscura y flexible, encima de una superficie más dura. No era una bolsa de deporte, como había pensado al principio, sino más bien una maleta pequeña. Y daba la impresión de estar muy usada.

—¿No la has abierto aún por algún motivo?

Mish se volvió hacia ella.

—Me da miedo lo que voy a encontrar dentro —contestó con voz queda.

Becca hizo un gesto de asentimiento y se obligó a mirar de nuevo la carretera.

—A mí también.

Un poco más adelante había una gasolinera abandonada, con el garaje cerrado con tablones. Becca redujo la velocidad y tomó el camino polvoriento y lleno de baches. La camioneta botó y se zarandeó hasta que se detuvo y puso el motor al ralentí. No lo apagó. Los dos necesitaban que el aire acondicionado siguiera en marcha.

Ella respiró hondo.

—Mish, lo que ha pasado entre nosotros... Solo lo sabemos nosotros. No tiene por qué saberlo nadie más.

Notó por su mirada que Mish era consciente de lo que se proponía. Le estaba dando permiso para darle la espalda y no tener que reconocer que había sentimientos entre ellos.

—Si los dos estamos de acuerdo en que no ha pasado nada —prosiguió—, entonces...

—Pero ha pasado —la interrumpió él—. Sé que piensas lo contrario, Bec, pero no soy pastor. Ese alzacuellos era solo un disfraz. Se me dan... se me dan bien los disfraces. Puedo cambiar completamente de apariencia y... Ojalá fuera un reverendo. Así al menos tendría más alternativas. Tendría la esperanza de poder estar contigo algún día. Podría cambiar de profesión —intentó sonreír—. Tomarte la palabra y aprender a ocuparme de los caballos.

¿Qué estaba diciendo?

—¿Lo desearías?

—Te deseo a ti —contestó él con sencillez.

A Becca casi se le paró el corazón. Ella le había dicho esas mismas palabras, y había querido decir que...

—Pero no será fácil dejar atrás lo que soy y lo que creo que soy —añadió él—. Puede que sea absolutamente imposible. Y no voy a ponerte en peligro. No sé quién demonios soy, pero hay gente que me está buscando, Bec. Gente peligrosa. Y quiero estar muy lejos de ti cuando por fin me encuentren.

Ella no supo qué decir, ni qué hacer. Mish había hablado de «algún día», había dado a entender que podían tener un futuro juntos.

Se volvió. De pronto ansiaba tanto ese futuro que le dolía el estómago. Pero no podía ser. Aquel hombre no podía ser suyo. Y aunque pudiera serlo, ella nunca había querido que su felicidad dependiera de una única persona. Y sin embargo allí estaba Mish, diciendo que lo dejaría todo si pudiera solo para estar con ella.

—Sé lo que hay dentro de esta maleta —le dijo Mish con voz serena—. No la he abierto, pero aun así lo sé. Lo supe en cuanto la vi. Tiene combinación, pero eso no es problema, porque también la sé —la colocó entre los dos, sobre el asiento corrido de la camioneta—. Dentro hay ropa —prosiguió—. Unos vaqueros y una camiseta. Dos pares de calcetines limpios. Un par de botas y algunas otras cosas —marcó la combinación y la cerradura se abrió con un chasquido—. Y mi H&K MP-5.

Abrió la tapa. Efectivamente, el cuero cubría una superficie metálica. No era una maleta ligera. Era una maleta muy resistente. Mientras Becca miraba, él sacó de su interior algo envuelto en tela oscura.

—Y una chaqueta para poder llevarla escondida.

Aquella tela oscura era, en efecto, un impermeable ligero. Y dentro había...

Había un fusil de asalto.

—Dios mío —musitó Becca.

—No soy reverendo —afirmó él—. Llevaba ese alzacuellos como parte de un disfraz. ¿Está claro?

Ella asintió con un gesto.

—Bien —esbozó una sonrisa tensa—. No voy a permitir que pases el resto de tu vida pensando que lo que hemos compartido no ha sido absolutamente perfecto.

Dejó el arma en el suelo, a sus pies. Sacó de la maleta unos vaqueros enrollados, junto con otra arma más pequeña, guardada en una sobaquera de piel; cargadores con munición suficiente para abastecer a un pequeño ejército; unas botas; unos calcetines enrollados; una especie de chaleco; un botiquín. Y un pasaporte.

No, uno no. Siete. Mish tenía siete pasaportes.

Mientras Becca miraba en silencio, él los hojeó. Todos llevaban su foto, pero en cada uno figuraba un nombre distinto.

Becca tuvo que preguntar:

—¿Alguno de esos nombres te...?

—No. No me suenan. Ni siquiera el que tiene dirección de Albuquerque —Mish volvió a guardarlo todo en la maleta—. Lo sabía —dijo con calma—, pero confiaba en equivocarme.

Becca sacudió la cabeza.

—Las armas no prueban nada. Puede que seas...

—¿Un ladrón en vez de un asesino? —sugirió él.

—Un coleccionista de armas.

Él se rio mientras examinaba el fusil de asalto. Después volvió a envolverlo en el impermeable.

—Este fusil de asalto está limpio. No tiene número de

serie, ni ninguna marca que pueda identificarlo. Lo mismo que la pistola. Y apuesto a que, si miramos la que dejé en el rancho, pasará lo mismo —cerró la maleta y marcó la combinación—. Por lo visto colecciono armas ilegales, lo cual es, naturalmente, ilegal en sí mismo —dejó la maleta en el suelo—. Quiero que me dejes en el pueblo siguiente y que vuelvas al rancho.

Becca puso la camioneta en marcha, aturdida. Primero, Mish era un vaquero que no sabía nada de caballos; después, era un héroe que salvaba la vida a un niño; luego era un hombre sin pasado ni la más remota idea de quién era ni de dónde procedía; más tarde, un hombre de iglesia. Había estado tan segura de que era reverendo... Pero no. En realidad, era una especie de maestro en el arte del disfraz, un hombre que necesitaba siete pasaportes, siete nombres distintos y tres armas mortíferas.

Además de dos pares de calcetines limpios.

Los calcetines lo delataban.

Mish quería que creyera que era una especie de monstruo, y tal vez, de hecho, hubiera hecho algunas cosas terribles en el pasado. Pero era, ante todo, un hombre. Un hombre al que ella solo había visto obrar con bondad y consideración hacia los demás.

Agarró con fuerza el volante.

—Vas a ir a Albuquerque a comprobar la dirección de ese pasaporte.

Lo conocía lo suficiente como para saber que no podía dejar pasar aquello, aun sabiendo que seguramente era una pista falsa.

—Sí. Y no, no quiero que me lleves —él también la conocía muy bien—. Puedes dejarme en Clines Corners, pero no voy a permitir que me lleves más lejos.

Clines Corners estaba en la carretera 40, justo donde la 285 subía hacia Santa Fe. No tendría problemas para que alguien lo llevara a Albuquerque desde allí.

Becca miró el reloj del salpicadero. Faltaban al menos tres horas para llegar a Clines Corners. Tenía ese tiempo para convencerse a sí misma de que lo mejor que podía hacer por los dos era decirle adiós y dejarlo marchar.

Sabía que era lo correcto.

Así que ¿por qué le sabía tan mal?

CAPÍTULO 14

Se abrió la puerta y el americano saltó.

El fusil de asalto se deslizó por el suelo y Mish no se lo pensó. Lo agarró y comenzó a disparar. Una ráfaga de balas, un chorro de sangre.

Tanta sangre...

—Buen trabajo —le dijo el americano por entre la sangre que burbujeaba en sus labios.

Mish miraba los cuerpos, contemplaba su obra. Y en el suelo, las manos de su padre empezaban a moverse. Mish retrocedía, pero no conseguía llegar muy lejos. Nunca conseguiría apartarse lo suficiente. «No matarás».

La voz del americano sonaba crispada por el dolor.

—Los has mandado derechos al infierno, Mitch.

Mitch...

Se despertó sobresaltado, empapado en sudor a pesar del potente aire acondicionado de la camioneta.

Se había puesto el sol, sus faros eran la única luz que se veía en kilómetros a la redonda. El fulgor mortecino del salpicadero daba un aire fantasmal al rostro de Becca.

—¿Estás bien?

Seguía respirando agitadamente y le temblaron las manos cuando sacó su lata de refresco del soporte donde la había dejado y bebió un trago.

—Mitch —logró decir—. Mi nombre. He tenido un sueño...

—¡Dios mío! Mitch —ella probó a decirlo en voz alta. Se rio—. Mitch. Claro. Con razón Mish te sonaba tanto —se volvió hacia él, expectante—. ¿Qué más recuerdas?

¿Recordaba algo más, aparte de aquel día espantoso? Pensó en el callejón, en el hombre de la barba. Pero no recordaba nada. Ninguna relación. Ni siquiera recordaba su apellido. Estaba ahí, pero se le escapaba.

Movió la cabeza.

—He soñado con... Con mi... padre. Le dispararon. Murió.

—Cielo santo —musitó Becca—. ¿Estás seguro de que no es más que un sueño? A veces...

—No sé, Bec. Parece tan real... He soñado mucho con eso, aunque hasta ahora no me había dado cuenta de que era mi padre. Y siempre sucede de la misma manera, como si fuera un recuerdo. Siempre hay una parte que cambia, sí, que se vuelve extraña, como cuando mi padre se levanta a pesar de estar muerto y... —bebió otro sorbo de refresco, intentando disipar aquella imagen—. Creo que no es solo un sueño. Creo que sucedió, al menos en parte.

Becca volvió a mirarlo.

—¿Estabas...? ¿Lo viste, viste su cadáver cuando murió?

—Creo que estaba presente cuando lo mataron.

—Dios mío, Mitch.

—Tenía quince años —miró las rayas de la carretera, que los faros de la camioneta iluminaban un instante y luego desaparecían de nuevo en la oscuridad.

¿Cuántos años tenía ahora? Treinta y cinco fue la cifra que primero se le vino a la cabeza. Parecía encajar. Veinte años desde que había empuñado aquel arma y apretado el gatillo para...

—¿Puedes... puedes contármelo? —la voz de Becca sonó muy suave, indecisa.

Para matar a otros seres humanos.

Mitch la miró, sentada tras el volante. Intentaba aparentar fortaleza, cuando en realidad las últimas semanas habían sido terriblemente difíciles para ella. Su resistencia, sin embargo, se dejaba sentir. Parecía cansada, sí, pero también decidida, y Mitch comprendió sin asomo de duda que cuando llegaran a Clines Corners no tomaría la 285 para ir a Santa Fe y regresar al Lazy Eight. No, iba a quedarse con él. Iba a llevarlo hasta el final, allá donde necesitara ir, y más lejos, quizá.

Pero solo era cuestión de tiempo que los ocupantes de la furgoneta descubrieran que la taquilla 101 había sido vaciada delante de sus narices. Y que intensificaran la búsqueda.

Y aunque Mitch ignoraba qué había hecho para que lo siguieran, una cosa sí sabía: que no iba a poner a Becca en peligro, aunque para ello tuviera que esfumarse la próxima vez que pararan a poner gasolina. Aunque para ello tuviera que dejarla sin darle ninguna explicación, sin decirle adiós.

No quería hacerlo. No quería dejarla en la duda. Le había dado tan poco hasta ese momento...

Becca le había pedido que le hablara de ello. Y él comprendió que, en realidad, era lo único que podía ofrecerle: ese fragmento de su pasado que aún recordaba, aquella horrible escena que, sospechaba, había ayudado a convertirlo en quien era.

—Sí —dijo—. Me gustaría contártelo. Pero es muy duro, así que si quieres que pare...

—Te avisaré —le dijo ella, y Mitch comprendió que era asunto zanjado.

—Yo tenía quince años —repitió—. Estábamos en el extranjero, no recuerdo dónde exactamente. Creo que en algún lugar de Oriente Medio. Mi padre era pastor y acababa de obtener un puesto como integrante de un grupo de mediación multiconfesional. Era un nombramiento importante. Estaba muy orgulloso.

Era extraño. Hablarle de ello lo estaba ayudando a recordar. Se acordaba del aeropuerto al que había llegado con sus padres. Se acordaba del olor a comida exótica, de aquel torbellino de gente y colores. Se acordaba de la desilusión que sintió al descubrir que su hotel era un edificio alto y moderno, en vez de antiguo y misterioso.

—Llevábamos allí unas dos semanas cuando mi padre me llevó a comer al McDonald's que había en el centro de la ciudad. Nos moríamos los dos por un Big Mac. Recuerdo que habíamos pedido hamburguesas al servicio de habitaciones del hotel, pero sabían raras. Mi padre dijo que a lo mejor las hacían con carne de caballo. Recuerdo que mi madre puso los ojos en blanco, dio un mordisco y nos dijo que eran solo las especias que usaban allí. Pero mi padre tenía la tarde libre, así que tomamos los dos un autobús desde el hotel y nos fuimos al mercado. Él era... muy carismático. Recuerdo que hizo que toda la gente que iba en el autobús se pusiera a cantar la canción de McDonald's. Muchos de los pasajeros se vinieron con nosotros al restaurante. Algunos eran empresarios americanos, pero también había un grupo de turistas. Mujeres con hijas adolescentes, francesas, creo recordar.

Se acordaba del menú que colgaba encima del mostrador, en inglés y en un idioma indescifrable.

—No los vi entrar —prosiguió—. Se oyó un ruido muy fuerte. Fue entonces cuando me di cuenta de que pasaba algo. Estaban disparando. Mi padre hizo que me tumbara en el suelo. Todo sucedió muy deprisa. Los terroristas mataron a los guardias de seguridad de la puerta. Se habían apoderado del McDonald's, el símbolo por antonomasia de lo estadounidense. Y nosotros éramos sus rehenes.

La camioneta seguía avanzando a través de la noche. Un cartel apareció entre la oscuridad. Clines Corners, treinta kilómetros.

Becca guardaba silencio.

—Nos llevaron a la parte de atrás y nos hicieron salir por una puerta que daba a la parte principal del edificio. También allí habían matado a los guardias. Estaba claro que lo habían planeado, que no era un ataque improvisado. Nos condujeron a un almacén que estaba vacío. No había ventana, solo una puerta. Como te decía, lo tenían todo bien planeado. Algunas mujeres y algunos niños iban llorando, y los terroristas también parecían muy nerviosos. Gritaban que nos calláramos, y mi padre dio un paso adelante. Intentó calmar los ánimos, empezó a hablar de las mujeres y los niños, intentando convencer al cabecilla de que debía dejarlos marchar. Y recuerdo...

«¿Ese es tu padre, chaval?».

—Había un hombre detrás de mí. Un negro. Americano. Debía de estar en el McDonald's cuando llegamos, porque no recuerdo haberlo visto en el autobús.

«Dile que se retire». El americano hablaba con urgencia, tenía una mirada perentoria.

—Me dijo que le dijera a mi padre que aquellos terroristas no negociarían, que no respetaban su cruz ni su alzacuellos, que el hecho de que fuera estadounidense lo ponía doblemente en peligro.

«Díselo. Vamos».

«Papá...».

—Así que me acerqué a mi padre, intenté agarrarlo del brazo y tirar de él para que volviera con los demás.

Su padre de había girado un poco. Su frente brillaba, sudorosa. «Quédate con los otros, Mitch».

—No quiso escucharme.

Recordaba su propio miedo, su pánico al ver la intensa preocupación que reflejaba el rostro del americano, el horror que brillaba en sus ojos oscuros. Comprendió entonces que su padre era hombre muerto.

—Fue todo muy rápido. El terrorista levantó su arma y disparó. Dos balazos. Le dio de lleno en la cabeza. Estaba allí y un segundo después...

Cayó al suelo sin vida.

—Era tan irreal... —dijo Mitch con la voz crispada por la angustia—. Parecía imposible que de verdad estuviera muerto. ¿Cómo podía estarlo? Era tan vital... Pero había sangre. No me di cuenta en ese momento, pero nos había salpicado. Solo veía un charco rojo en el suelo, bajo él. Quise acercarme, ayudarlo, detener la hemorragia, pero el americano tiró de mí. Me tapó la boca con la mano.

«Dios mío, hijo, lo siento». La voz del americano era casi tan áspera como sus manos.

«¡Déjame! ¡Tengo que ayudarlo!», le había dicho él mientras forcejaba.

—Me dijo que mi padre había muerto.

«No lo hagas», había susurrado el americano.

—Me dijo que, si armaba jaleo, me matarían a mí también.

«¡No me importa!», había exclamado por detrás de la manaza del americano.

—Me dijo que pensara en mi madre, que pensara en cómo iba a sentirse si perdía a su marido y a su hijo el mismo día.

«No seas tan egoísta, hijo, y cálmate».

—Me dijo que ya no podía ayudar a mi padre.

—Dios mío, Mitch, no puedo creer que tuvieras que pasar por eso —los ojos de Becca brillaban, llenos de compasión.

—Nos encerraron en aquella habitación —continuó él—. Me senté en el suelo y procuré no llorar, no mirar a mi padre. Dejaron allí su cadáver. Una de las mujeres le tapó la cabeza con su pañuelo, pero...

Pero seguía estando el charco de sangre.

—El americano iba recorriendo la habitación, intentando convencer a los demás de que teníamos que resistirnos, y de que debíamos atacar en cuanto volvieran los terroristas, tan pronto abrieran la puerta. Nos dijo que conocía a aquel grupo de fanáticos. Que conocía a su líder, que sabía que no iban a dejar salir a nadie.

Les dijo que, cuando regresaran los terroristas, empezaría la matanza.

—Dijo que él iba a luchar. Pero nadie más parecía dispuesto a arrimar el hombro. Todos tenían miedo. Yo también.

Pero él había mirado a su padre, a aquel hombre tan bueno, tan fuerte, tan cariñoso. Lo habían matado como si fuera poco más que un insecto. Y Mitch había mirado al americano y había dicho: «Yo lucharé. Yo te ayudaré».

—No matarás —le dijo a Becca—. Si había algo en lo que mi padre creía por encima de todas las cosas era en la no violencia. Las armas y la guerra no tenían cabida en su mundo. Pero yo ya no estaba en su mundo. Y deseaba matar a los hombres que me lo habían arrebatado.

El americano se había sentado a su lado. «Está bien. Vamos a cargárnoslos, Mitch. Tienes que canalizar esa rabia, hijo. Ponerla a trabajar».

—El americano me preguntó si alguna vez había disparado con un arma automática —Mitch se rio—. ¿En mi casa? Ni siquiera había visto una de cerca.

«La fuerza de la descarga hace que se levante el cañón», le había dicho el americano. «Tienes que esforzarte por bajarlo. Y disparar al centro del cuerpo. No apuntes a la cabeza. Es increíble cuántas veces vuelve a levantarse el enemigo después de que le pegues un tiro en la cabeza con una nueve milímetros. Y eso no nos conviene, ¿comprendes?».

—Me explicó rápidamente cómo manejar un arma de asalto y yo le dije que hablar no iba a servirnos de nada, porque no teníamos ninguna, así que no podíamos disparar —Mitch sacudió la cabeza—. Pero me dijo que tenía un plan. Me habló de una cosa llamada PV, punto de vulnerabilidad, y de otra llamada AV, área de vulnerabilidad. Me explicó que siempre hay un punto en el que una fuerza atacante se halla temporalmente debilitada. Que, cuando volvieran los terroristas, su PV sería cuando entraran en la habitación. Y que sería entonces cuando nosotros atacaríamos, cuando estuvieran juntos y entraran por la puerta, cuando les fuera más difícil maniobrar.

Mitch lo había mirado a través del paño de rabia y dolor que cubría sus ojos y que parecía elevarse como una neblina del cuerpo sin vida de su padre.

—Parecía absurdo. En una habitación llena de gente

prácticamente condenada a muerte, los únicos que estábamos dispuestos a defendernos éramos aquel hombre y yo. Un crío que pensaba estudiar Filosofía y Teología. No estaba del todo seguro, pero hasta ese momento estaba bastante convencido de que acabaría siguiendo los pasos de mi padre. Tenía fe en Dios y me parecía que solo era cuestión de tiempo que descubriera mi vocación y... —se rio de nuevo, sin ganas—. Ese día la descubrí, no hay duda. Mi padre, sus palabras, su fe, no podían salvarnos. Ni siquiera había podido salvarse a sí mismo. Pero con un fusil de asalto... Sí, aquel día descubrí mi vocación, pero era completamente distinta.

Becca alargó el brazo y buscó su mano. Él se la apretó con fuerza. Vio delante las luces de una gasolinera y comprendió que faltaban apenas unos minutos para que tuviera que separarse de ella para siempre.

—El americano, ¡ojalá me acordara de su nombre!, estaba preparado, y cuando los terroristas abrieron la puerta se abalanzó sobre ellos. Fue un suicidio. Él sabía que iban a disparar. Pero confiaba en apoderarse de una de sus armas y lanzármela, y de algún modo lo consiguió. Cuando aquel fusil de asalto resbaló por el suelo de baldosas, hacia mí, no lo dudé. Entonces dejé para siempre el mundo de mi padre, Bec. Agarré el arma y empecé a disparar. Apreté el gatillo echándome hacia delante, como me había dicho el americano. Bajé el cañón y acribillé a esos canallas, apiñados todavía en la puerta, y los mandé al infierno.

Una ráfaga de balas.

Un chorro de sangre.

Tanta sangre...

—Los maté a los tres. Y con los rehenes armados, conseguimos mantener a raya a los demás terroristas hasta que los marines asaltaron el edificio. El americano murió camino del hospital. Mi padre y él fueron las únicas víctimas entre los rehenes.

—No sé —la voz de Becca sonó suave en la oscuridad—. Yo diría que tú también eres una víctima.

—Sí —contestó Mitch en voz igual de baja—. En cierto modo, supongo que yo también morí ese día —señaló el desvío al que se estaban acercando—. Nos vendría bien poner gasolina... y tomar un café.

Sintió que ella lo miraba y mantuvo los ojos fijos en la carretera. Sin decir nada, Becca tomó el desvío y se detuvo ante la señal de stop que había al final de la rampa. La gasolinera estaba profusamente iluminada. Entraron en el aparcamiento y ocuparon una plaza junto a la puerta del restaurante.

Becca seguía dándole la mano. Cuando Mitch se dispuso a salir, tiró de él y lo abrazó, envolviéndolo en su dulzura y su calor.

—Muchas gracias por contármelo —susurró antes de besarlo.

Mitch se dejó llevar por la suavidad de sus labios. Le asombraba que aun quisiera besarlo, después de lo que acababa de contarle. Y tuvo la certeza de que no querría volver al Lazy Eight sin él.

Así que la abrazó con fuerza y la besó con toda la ternura de que fue capaz. Ella no lo sabía, pero era su beso de despedida.

—Conocí a Mitch Shaw en el funeral de su padre —el almirante Jake Robinson estaba sentado a la cabecera de la mesa del puesto de mando provisional del Grupo Gris en la base aérea de Kirtland, en Albuquerque.

Tras llamar al capitán Catalanotto, Lucky y su equipo habían recibido orden de presentarse de inmediato en la base aérea de Holloman, donde un transporte especial estaría esperándoles para llevarlos a Kirtland. Era el poder del Almirantazgo en acción.

Después de aterrizar, los habían conducido sin preámbulos a aquel despacho, donde, además del capitán, se les unieron Blue McCoy y Crash Hawken, los dos SEALs de la Brigada Alfa que habían ido a Albuquerque a hacer averiguaciones sobre Mitch.

—El vicepresidente de Estados Unidos también asistió al acto —les explicó el almirante—. Estrechó la mano de aquel muchacho y le dijo que lo lamentaba muchísimo, que iba a haber una ceremonia en Washington y que el presidente iba a concederle la Medalla de Honor con distintivo especial. Y Mitch lo miró directamente a los ojos y le dijo «gracias, pero no la quiero». Dijo que no se la merecía. Que quien se la merecía era su padre, que había muerto creyendo en la superioridad del bien sobre el mal. A su modo de ver, el reverendo Randall Shaw había muerto abrazado a su convicción de que la no violencia era la única opción posible. Mitch, en cambio, creía que al matar a esos terroristas se había dado por vencido y había utilizado el mal para luchar contra el mal. Y no quería una medalla por eso.

»Fui a presentarme —prosiguió Jake—. En aquella época no era almirante, pero me habían concedido muchas condecoraciones por el tiempo que pasé en Vietnam. Aun así, estaba claro que no tenía ningún interés en hablar conmigo... hasta que le dije que era amigo del brigada Fred Baxter, el hombre que había muerto ayudándolo a salvar la vida de esos rehenes. Después de que se lo dijera, accedió a dar un paseo conmigo y tuve oportunidad de contarle que Freddie era un SEAL de la Armada. Le expliqué un poco lo que eso significaba. Y le dije que a Fred también iban a concederle una medalla. A título póstumo. Y que Fred se merecía esa medalla sin ninguna duda. Porque Fred Baxter, al igual que yo y que la mayoría de los SEALs, creía en algo de manera tan absoluta como el padre de Mitch creía en la no violencia. Fred creía en el poder del gris.

Jake paseó la mirada por la habitación.

—Vosotros, chicos, ya lo sabéis. En nuestro mundo no existen el blanco y el negro. No hay una línea clara entre el bien y el mal, sobre todo cuando el resultado afecta a millones de vidas. Por eso operamos en esa estrecha franja de gris. Mitch tenía quince años cuando se adentró por vez primera en ese mundo. No sé qué está haciendo ahora mismo —añadió el almirante—. No sé qué demonios se trae entre manos, pero puedo aseguraros con total convicción que no se ha vendido, que sigue siendo fiel a Dios y a su país. Hemos colaborado estrechamente desde la formación del Grupo Gris. De hecho, fue él quien le dio ese nombre. Confío en él como en mí mismo. Hay una explicación para su comportamiento, os lo garantizo. Sé que esto no va a gustaros, pero sugiero que nos estemos quietos, que le demos espacio para maniobrar, y que esperemos a que contacte con nosotros.

Lucky miró a Joe Cat, esperando que el capitán sugiriera una alternativa. En vista de que no decía nada, se aclaró la garganta.

—Almirante, señor, ¿no nos estamos olvidando, eh, de ese plutonio que anda por ahí y que puede estar a punto de caer en manos de quien no debe?

Jake se levantó.

—Varios agentes del Grupo Gris se han infiltrado en la

organización del traficante de armas que intentará cerrar un acuerdo para vender el plutonio. El comprador es una facción política de un país de Europa del Este a la que también estamos vigilando. Se suponía que la transacción debía efectuarse ayer, pero el vendedor la canceló en el último momento, lo cual me induce a creer que el plutonio ya no está en su poder, sino en el de Mitch Shaw. Pero se ha fijado una nueva cita para mañana. En Santa Fe. Lo que significa que en algún momento entre hoy y mañana, Mitch podría llamar para pedir refuerzos. Y caballeros... —miró a su alrededor, clavando la mirada en los SEALs—. Cuando nos necesite, estaremos preparados.

Becca sabía lo que se proponía Mitch. Sabía sin sombra de duda que aquel era un beso de despedida. Si dejaba que saliera de la camioneta, desaparecería.

Lo abrazó con fuerza, consciente de que, si no hablaba en ese momento, lo lamentaría el resto de su vida.

—No te vayas —le tembló la voz.

Él no intentó fingir que no la entendía.

—Tengo que hacerlo, Bec.

Ella se alegró de que no se apartara, de que no pudiera ver sus lágrimas mientras hacía lo que siempre se había jurado a sí misma no hacer: suplicarle a un hombre que se quedara.

—Podemos empezar de cero. Marcharnos juntos. Podemos escondernos. Tiene que haber un millón de sitios en este país donde dos personas puedan perderse. No nos encontrarán nunca, tendremos cuidado y...

—¿Y pasar el resto de nuestras vidas vigilándonos las espaldas? Esa no es forma de vivir.

Becca cerró los ojos, sintió que se le escapaban las lágrimas.

—Por favor...

—No puedo. No saber quién anda detrás de mí, ni por qué... Me volvería loco, Bec. Tengo que descubrir quién soy —se apartó de ella suavemente, abrió la guantera y sacó un trozo de papel doblado—. He escrito esta carta —le dijo—. Es para Ted Alden. Le explico la situación lo mejor que puedo, y le pido que invierta en tu rancho el dinero que quería darme. En el rancho que sé que algún día vas a comprar. Quiero que se la envíes junto con el cheque que extendió. ¿De acuerdo?

—No —contestó ella. No quiso aceptar la carta y él volvió a guardarla en la guantera—. ¡No, nada de eso!

Él abrió la puerta y salió.

—Te quiero.

Era lo que Becca temía y al mismo tiempo tenía esperanzas de oír. Lo miró por entre el resplandor de la luz de una farola. Tenía lágrimas en los ojos.

—Entonces, ¿cómo puedes marcharte?

Mitch levantó la maleta y la sacó de la camioneta. Tenía el rostro en sombras.

—¿Cómo puedo quedarme?

Cerró la puerta y Becca salió, limpiándose las lágrimas con furia.

—¡Mitch!

Pero el aparcamiento estaba vacío.

Mitch ya se había ido.

CAPÍTULO 15

Mitch no podía dormir.

Había barajado la posibilidad de no registrarse en un motel, porque sabía que esa noche no podría pegar ojo.

La dirección de Albuquerque que figuraba en el pasaporte también era ficticia. El barrio residencial existía, sí, pero (sorpresa, sorpresa) el número de la casa no. Y aunque se había paseado por allí casi dos horas, no había visto absolutamente nada que le resultara familiar.

Había regresado a la parte de la ciudad iluminada por moteles baratos, bares de copas y cafeterías que abrían toda la noche. Había comprado un café para llevar y pagado una habitación en un motel.

No porque quisiera dormir, sino porque quería revisar de nuevo el contenido de su maleta. Ver si había pasado algo por alto.

Ahora estaba allí sentado, sobre la endeble cama del motel, rodeado por los objetos que contenía la maleta de cuero. ¿Su... maletín de mago? «Recoja su maletín de mago, teniente».

¿Teniente?

Tomó el MP-5, que había dejado a un lado. Se sentía cómodo con él en las manos.

Su padre se habría escandalizado.

Lo dejó y desenrolló los vaqueros. No había tenido ocasión de registrar los bolsillos y...

Estuvo a punto de no reparar en ella. En uno de los bolsillos de atrás había una pequeña fotografía. O, mejor dicho, una esquina rasgada de una fotografía mayor. Solo la cabeza y los hombros de un hombre.

Su cara le resultaba sorprendentemente familiar.

El pelo greñudo, la barba poblada, la cara enrojecida..

Casey Parker.

Aquel nombre se le vino a la cabeza con un destello de certidumbre que lo heló hasta los huesos.

Casey Parker era el hombre que le había disparado en aquel callejón de Wyatt City. Y también era quien se había presentado en el rancho preguntando por el paquete que tenía que haber allí a su nombre, el paquete que Mitch se había llevado en su lugar.

Todavía tenía la llave que contenía aquel sobre. La llevaba en el bolsillo.

La sacó y la inspeccionó de nuevo. Era, sin lugar a dudas, el tipo de llaves que entregaban los bancos al contratar una caja de seguridad. Mitch solo podía conjeturar qué habría en aquella caja. Dinero, tal vez. O el botín de un robo. Joyas. Algo de valor. Algo que había sido el detonante de todo aquello. Algo por lo que Parker había intentado matarlo.

Y solo era cuestión de tiempo que Parker regresara al Lazy Eight buscando su llave.

No la encontraría, pero encontraría a Becca.

Sola. Desprevenida. Indefensa.

Mitch guardó a toda prisa sus cosas en la maleta y se puso las botas. Tenía que llegar al Lazy Eight.

Antes de que fuera demasiado tarde.

Becca abrió la oficina del rancho temprano, al salir el sol.

El cielo estaba cargado de nubes. Se estaba preparando una tormenta. Casi con toda probabilidad empezaría a llover con fuerza unos minutos después y la lluvia no desaparecería hasta antes de la hora de comer.

Deseó poder decir lo mismo de su tristeza.

Había estado toda la noche inquieta, dando vueltas en la cama, y al sonar el despertador estaba agotada. Pero era mejor levantarse y ponerse a trabajar que esconderse durmiendo hasta tarde. Además, así estaría cansada cuando llegara la noche. Y quizá podría dormir a pierna suelta, sin soñar ni pensar siquiera en Mitch.

Ja. Ni de broma.

Pero tenía que dejar de pensar en él. Era muy probable que no volvieran a verse, así que convenía que fuera aprendiendo a no pensar en Mitch. Sabía que podía hacerlo. Y cuando hubiera aprendido a no pensar en él, empezaría a aprender a vivir sin él. Podía hacer cualquier cosa si se empeñaba. Y ahora mismo iba a dejar de pensar en Mitch concentrándose en todo el trabajo que tenía atrasado.

Los nubarrones eran tan oscuros que tuvo que encender el flexo de su mesa para ver.

Se sentó, sin saber por dónde empezar, y comprendió que ese dilema no merecía que se echara a llorar. Y sin embargo allí estaba, al borde de las lágrimas. Otra vez.

Maldito fuera Mitch.

Y maldita fuera ella por haber cometido la estupidez de enamorarse de él.

El trabajo se había acumulado durante los días que había pasado fuera. Solo el correo electrónico la mantendría ocupada casi toda la mañana. Empezaría por ahí. Se frotó los ojos y se sonó la nariz. Estaba decidida a trabajar en la oficina solo hasta las diez. Si conseguía avanzar lo suficiente, le daría la mañana libre a Belinda y ella misma acompañaría a los huéspedes en su paseo a caballo. Siempre y cuando el tiempo lo permitiera, claro. Le sentaría bien pasar un buen rato con Silver y...

La puerta de la oficina se abrió con un chirrido y Becca cerró los ojos y deseó que, fuera cual fuese el problema que iba a presentársele a las cinco y seis minutos de la mañana, pudiera ocuparse de él rápidamente y con eficiencia.

—Becca, gracias a Dios.

¿Mitch? Se giró tan bruscamente que estuvo a punto de caerse de la silla. Era él. Mitch había vuelto.

Cuando se levantó, él dejó la maleta en el suelo y saltó el mostrador que los separaba. Un instante después, Becca estaba en sus brazos.

—¿Estás bien? —preguntó él, apartándola un poco para mirarla a los ojos. Tocó su cara, su pelo—. Por favor, dime que estás bien.

Ella asintió. Sí. Ahora estaba perfectamente.

—Gracias —dijo mientras besaba su cuello—. Gracias por volver.

Mitch se apoderó de su boca y el fuego que ardía entre ellos cobró vida en un instante. Y mientras el mundo entero parecía dar vueltas a su alrededor, mientras se derretía entre sus brazos, Becca se preguntó cómo podía haber pensado siquiera que podría aprender a vivir sin él. En ese instante comprendió la terrible verdad. Había encontrado el verdadero amor. Y Mitch también la quería. Si tenía oportunidad, se quedaría para siempre.

«Por favor, por favor, que tengamos esa oportunidad».

Mitch se apartó de ella.

—Becca, me he acordado de algo.

Ella comprendió con solo mirarlo que no era una buena noticia.

—Fue Casey Parker quien me disparó. Sigo sin recordar por qué, pero quería matarme. Y creo que va a volver aquí. Vendrá a recuperar su llave.

Becca lo comprendió entonces. Mitch no había vuelto al Lazy Eight porque lo deseara. Había vuelto porque tenía que hacerlo. Si la hubiera creído a salvo, no habrían vuelto a verse.

Pero había vuelto. Y ella tenía que aprovechar la oportunidad para convencerlo de que se quedara.

Mitch la soltó y levantó el teléfono de la mesa de Hazel.

—¿Cuál es el número del sheriff?

—Está ahí —le dijo ella—. En esa lista. Mitch, tenemos que hablar.

Él encontró el número y marcó.

—¿Qué estás haciendo? —preguntó Becca.

Él escuchó el sonido de la línea y la miró un instante.

—Llamar al sheriff.

—Eso está claro. Mitch...

—Sí, hola —dijo Mitch al teléfono—. Llamo del rancho Lazy Eight. Tenemos un problema grave y confiaba en que el sheriff pudiera venir lo antes posible...

¿Quería que el sheriff fuera al rancho? Si se involucraba el sheriff, entonces él...

—Bueno, empecemos por un intento de asesinato —

añadió Mitch, hablando con la persona que estaba al otro lado de la línea—. ¿Cree que es motivo suficiente para despertar al sheriff?

Mitch tendría que admitir que sufría amnesia. Sería investigado. Seguramente cotejarían sus huellas y...

Y entonces sabría sin lugar a dudas quién era.

Pero también lo sabría el sheriff.

—Lo estaremos esperando en la oficina del rancho —dijo Mitch antes de colgar. Se volvió para mirarla y contestó antes de que ella tuviera tiempo de preguntar—. Voy a entregarme.

Ella sacudió la cabeza, incapaz de decir nada.

—Lo he estado pensando mientras venía hacia aquí. Es lo mejor —prosiguió él—. Debería haberlo hecho hace semanas. Sigo sin acordarme de casi nada, pero eso no significa que no deba asumir la responsabilidad de las cosas que he hecho.

Ella recuperó el habla por fin.

—Estás sacando conclusiones precipitadas. Puede que no hayas cometido ningún delito.

—¿Qué tal posesión ilegal de armas? —preguntó él—. Empezaremos por ahí. Pero dudo que ese sea el final.

Salió de detrás del mostrador, rodeándolo esta vez. Becca lo siguió.

—No tienes por qué hacerlo.

—Sí, tengo que hacerlo —abrió la puerta mosquitera—. Voy a sacar mi pistola de la taquilla del barracón, para entregarme con las armas en la maleta.

Se oyó el primer trueno a lo lejos mientras Becca lo seguía afuera, hacia el establo. Empezaba a levantarse el viento y torbellinos de polvo cruzaban la explanada reseca.

—Es el único modo de empezar de cero de verdad —

le dijo él—. Sí, tengo la impresión de que se me ha concedido una segunda oportunidad porque no recuerdo mi pasado. Pero no es real, Bec. Si de verdad quiero una segunda oportunidad, tengo que hacer las cosas bien. Y eso supone afrontar lo que haya hecho y pagar por ello. Bien sabe Dios que no quiero volver a prisión, pero si tengo que hacerlo, que así sea. Porque cuando salga, si salgo, podré empezar de cero de verdad —le sonrió de soslayo—. Además, haría cosas mucho más duras con tal de asegurarme de que estás a salvo.

Becca lo agarró del brazo.

—Por eso estás haciendo esto, ¿verdad? Porque crees que no estaré a salvo de ese tal Parker a menos que te entregues.

Mitch se desasió suavemente.

—También es lo correcto.

Becca lo vio desaparecer en el barracón.

—¡Maldita sea, Mitch! —corrió tras él y al entrar bajó la voz, consciente de que los otros vaqueros no tardarían en levantarse—. Ni siquiera tienes la certeza de que Parker vaya a volver.

—Vuelve a la oficina, Becca.

Ella dobló la esquina que llevaba a la zona común y las taquillas de los trabajadores, y se paró en seco. Mitch estaba muy quieto, mirando el cañón de una pistola. Era más grande que la que usaba Harry el Sucio en sus películas preferidas de Clint Eastwood. Lo bastante grande para acabar con la vida de Mitch de un solo balazo si el hombre que la sostenía apretaba el gatillo.

Y el hombre que la sostenía parecía estar deseando disparar. Grande y gordo, medía al menos diez centímetros más que Mitch. Pero era más viejo, tenía la barba canosa y apenas se le veían los ojos entre los pliegues carnosos de su cara. Casey Parker. Tenía que ser él.

—Ella no tiene nada que ver con esto —le dijo Mitch.

—Ahora sí —respondió Parker.

Becca vio que Mitch miraba un instante la taquilla en la que había guardado su pistola y comprendió que descartaba la idea de intentar apoderarse de ella. Gracias a Dios. Con una pistola era suficiente.

—Ya sabes por qué estoy aquí —dijo Parker.

—Imagino que quieres la llave —Mitch miró a Becca. «Prepárate para escapar», pareció decirle con la mirada.

—Imaginas bien —contestó Parker.

Ella comprendió lo que se proponía Mitch. El punto de vulnerabilidad. Lo mismo que había hecho el hombre al que él llamaba «el americano». Esperaría a que se presentara el PV de Parker y entonces atacaría, dándole a ella la ocasión de escapar y ponerse a salvo. Y al igual que el americano de su sueño, era muy probable que él recibiera un disparo y muriera.

Becca sacudió la cabeza en un gesto casi imperceptible. «No».

—Tendrá que ir a buscarla Becca —dijo Mitch—. La dejé en la guantera de su camioneta.

Parker se rio.

—Quizá deberíamos intentarlo otra vez —apuntó directamente al pecho de Becca—. Dame la llave.

Mitch casi dejó de respirar. Sabía que no hacía falta mucho, apenas una presión leve en el gatillo, para poner fin a una vida. Y mientras Parker siguiera apuntando a Becca, eso podía ocurrir. Ella podía morir en un abrir y cerrar de ojos.

Los truenos se oían cada vez más cerca.

—En mi bolsillo —dijo Mitch con la garganta constreñida—. Está en mi bolsillo delantero.

—Sácala. Despacio.

—Primero deja de apuntarle.

—Dame la llave —replicó Parker.

Mitch se la tendió en la palma de la mano. Si conseguía que se acercara lo suficiente. Pero Parker se echó a reír.

—Lánzamela. Suavemente.

—Aparta la pistola de ella —Mitch sabía que era inútil. Sabía que Parker iba a seguir apuntando a Becca hasta que aquello acabara. Y ni siquiera quería pensar en cómo acabaría. El sheriff tenía que llegar en cualquier momento, pero Mitch ignoraba si eso empeoraría las cosas. Lo único que sabía era que, en cuanto Parker volviera a apuntarle con la pistola, se abalanzaría sobre él. Antes de que aquel malnacido tuviera oportunidad de hacer daño a Becca.

—Lánzamela —repitió Parker.

Mitch obedeció. Mantuvo la mirada fija en la pistola mientras Parker recogía la llave y la examinaba, pero el arma apenas se movió.

Becca, que había guardado silencio hasta ese momento, dijo:

—Mitch no se acuerda de usted. No se acuerda de nada de lo que pasó antes de que le dispararan. Ni siquiera sabe cómo se apellida. Si se marcha usted, no se lo diremos nadie ni...

Parker se echó a reír.

—Esa sí que es buena. Supongo que me dará su palabra, ¿no es eso? Pues para no acordarse de nada, Mitch se la has arreglado para fastidiarme de lo lindo. No, querida Becca, vamos a ir a dar un paseíto en tu camioneta. Ven aquí.

Un trueno retumbó casi encima de ellos.

—No te muevas, Becca —Mitch sabía que, si Parker se acercaba a Becca lo suficiente para ponerle la pistola en la cabeza, perdería la posibilidad de atacarle.

—Ven aquí, Becca —repitió Parker—. Vamos.

Apuntó a Mitch, que comprendió que había llegado el momento. Era ahora o nunca. Pero antes de que pudiera arrojarse sobre Parker, Becca se interpuso en su camino.

—Sal —ordenó Parker a Mitch, agarrando a Becca y apoyando la pistola bajo su brazo, casi oculta por completo—. A la camioneta.

Estaba empezando a llover. El aire parecía chisporrotear a su alrededor, cargado de electricidad.

La camioneta estaba aparcada junto a la oficina. Mitch caminó sin prisa hacia ella, mirando hacia el final del largo camino de entrada. Ansiaba divisar los faros del coche del sheriff entre la penumbra.

Pero no vio nada.

—Sube a la camioneta. Vas a conducir tú —le dijo Parker—. Mantén las manos en el volante, donde yo pueda verlas en todo momento. Apártalas y le pego un tiro aquí mismo.

Mitch subió a la camioneta y agarró el volante. Parker empujó a Becca y subió tras ella sin retirar la pistola. Si apretaba el gatillo, la bala le atravesaría el corazón.

—Arranca —ordenó.

Las llaves colgaban del contacto, donde Becca las había dejado.

—Tendré que apartar la mano del volante —dijo Mitch. Necesitaba que Parker dejara de apuntar a Becca un momento.

—Solo una —le advirtió Parker—. Vamos.

Mitch sentía el hombro de Becca apoyado contra el

suyo, su pierna pegada a su muslo. Puso en marcha el motor, encendió el limpiaparabrisas y los faros y arrancó.

—Aléjate de los edificios —ordenó Parker.

Mitch se apartó del camino y enfiló hacia aquellas rocas en forma de dedos, junto al lecho seco del río. Si no se había inundado aún, no tardaría en inundarse. Y quizás...

Avanzaron en silencio un rato. La lluvia se estrellaba con fuerza en el parabrisas. Mitch levantó la mirada. Veía los ojos de Becca por el retrovisor. Ella sabía adónde se dirigía, sabía lo peligroso que podía ser el arroyo.

—No salgas de la camioneta —le dijo.

Parker se rio al oírlo.

—No estás en situación de dar órdenes.

Mitch miró de nuevo por el retrovisor y ella asintió con un gesto. Movió los labios. «Te quiero».

Creía que iba a morir. Pero no era cierto. No, si él podía evitarlo. Aunque tuviera que morir para salvarla.

—Para aquí —dijo por fin Parker—. Ya estamos bastante lejos.

Brilló un relámpago y vieron el perfil de las rocas a cierta distancia. No habían llegado al borde del lecho seco del río. Vio que, allí delante, seguía sin correr el agua. Todavía. Solo tenía que avanzar un poco más...

La lluvia arreciaba sobre el tejado de la camioneta.

—He dicho que pares.

Mitch pisó el freno sin prisa hasta detener la camioneta. En cualquier momento caería un chaparrón tan fuerte que la visibilidad quedaría reducida a cero. Entre tanto, mantuvo las manos en el volante, donde Parker pudiera verlas.

—Sal de la camioneta —ordenó Parker.

Mitch se inclinó para mirarlo.

—Voy a tener que apartar las manos del volante.

—Una a una —dijo Parker—. Despacio. Abre la puerta. Y retírate de la camioneta. Las manos donde pueda verlas.

Mitch sabía lo que haría él si fuera Parker. Lo haría retirarse lo suficiente para poder apartar la pistola del costado de Becca. Y luego le dispararía desde dentro de la camioneta y se aseguraría de que estaba muerto antes de hacer salir a Becca.

—Te quiero —le dijo a Becca. Necesitaba que lo supiera.

—Muy bonito —dijo Parker—. Pero muévete.

Mitch se movió muy despacio. Apagó el motor, rezando todavía por que la lluvia se pusiera de su parte. «Por favor, Dios...». Si alguna vez había necesitado un poco de ayuda divina, era en ese momento.

Abrió la puerta, salió de la cabina, se apartó de la camioneta y...

Dios estaba de su lado. Centelleó un relámpago, rugió un trueno y la lluvia comenzó a caer como si allá arriba alguien hubiera abierto un grifo gigantesco. Mitch quedó empapado de inmediato. Y casi oculto por completo por el chaparrón.

Oyó que Parker soltaba un juramento cuando se arrojó al suelo y se arrastró velozmente, sin hacer ruido, bajo la camioneta.

—¿Dónde diablos se ha metido?

—No voy a salir —oyó Mitch que decía Becca—. Va a tener que pegarme un tiro aquí mismo y llevarse la camioneta toda manchada de sangre. Creo que a la policía le encantará cuando lo pare por esa luz trasera que está fundida.

Oyó maldecir a Parker.

—¡Vas a salir aunque tenga que arrastrarte por el pelo!

Becca gritó cuando Parker cumplió su amenaza, pero

sabía que no se equivocaba: Parker no iba a dispararle dentro de la camioneta. La necesitaba para llegar adonde fuera. Seguramente hasta su propio vehículo, aparcado más allá de la valla del rancho. En todo caso, lo último que quería Parker era mancharse la ropa de sangre. Y a Becca no le cabía duda de que iba a matarla.

La lluvia tamborileaba sobre el techo. Allá arriba, el ruido de los truenos habría bastado para despertar a un muerto.

—¿Adónde ha ido? —preguntó Parker—. ¿Dónde se ha metido ese hijo de perra? —apartó la pistola del costado de Becca para agarrarla y sacarla a la lluvia.

Había llegado el momento.

El punto de vulnerabilidad de Parker. Meneó la pistola mientras ella forcejeaba, y Becca comprendió que Mitch estaría listo, esperando.

Y así era.

Apareció de pronto, iluminado por un relámpago, y apartando a Parker de ella, se arrojó sobre la pistola y empujó a Parker al arroyo.

La pistola se disparó y Mitch se sacudió repentinamente. Dios santo, le habían dado. Pero había logrado apoderarse del arma y la arrojó con fuerza entre las piedras del lecho seco del río.

El río, sin embargo, ya no estaba seco. El nivel estaba creciendo, y Becca vio entre la lluvia que, a pesar de estar herido, Mitch seguía luchando con Parker y chapoteando en el agua.

—¡Vete! —le gritó él, su voz apenas audible entre el rugido de la lluvia—. ¡Becca! ¡Sube a la camioneta y vete!

CAPÍTULO 16

En la orilla del río, Becca seguía inmóvil, alumbrada por los faros de la camioneta.

Maldición, ¿por qué no subía a la camioneta y se ponía a salvo?

Mitch luchaba desesperadamente con Parker, consciente de que le sangraba el brazo, consciente de que el dolor y el aturdimiento de la herida jugaban en su contra, consciente de que su rival intentaba llegar al lugar donde habían visto por última vez su pistola rebotando contra las piedras.

Parker lo golpeaba implacablemente, una y otra vez, en el lugar donde le había rozado la bala. Había hecho algo más que rozarlo, en realidad, pero Mitch sabía que podía haber sido mucho peor. Un arma de aquel calibre, disparada a corta distancia, podía haberle arrancado el brazo. Había tenido suerte.

Pero tendría más suerte aún si Becca montaba en la camioneta y se marchaba.

Vio, sin embargo, mientras golpeaba a Parker en la cara, que ella empezaba a avanzar con cuidado por el talud, hacia ellos.

«¡Maldita sea!».

Un rayo iluminó los dientes de Parker, que intentaba asirlo por la garganta. En ese instante, el mundo pareció dar un vuelco repentino.

Y por una fracción de segundo volvió a estar en el callejón de Wyatt City, mirando a los ojos a Casey Parker un instante antes de que disparara la bala que había borrado su memoria.

Y en esa fracción de segundo todo volvió de golpe.

Plutonio robado. Una pista improbable en Nuevo México. El Grupo Gris del almirante Jake Robinson.

¡No era un delincuente, ni un asesino a sueldo huyendo de la ley! Era el teniente Mitchell Shaw, de los SEALs de la Armada estadounidense.

No lo esperaba la cárcel. En su futuro solo había esperanza y posibilidades prometedoras.

Y Becca.

Con un repentino arranque de energía, arremetió contra Parker con más fuerza.

Becca no encontraba la pistola.

La había visto caer cerca de aquel montón de piedras, pero la lluvia le impedía verla. Además, el nivel del río había empezado a subir. En unos segundos había pasado de ser un reguero a cubrirla hasta los tobillos. La corriente tiraba de ella al ir creciendo.

La lluvia comenzó a amainar tan de repente como había empezado, pero la pistola seguía sin aparecer y el agua le llegaba ya a las rodillas.

Veía a Mitch luchando todavía con Casey Parker, la camisa manchada de sangre. Corría grave peligro de desangrarse. Eso, si no se ahogaba primero.

Parker se estaba cansando, pero también Mitch. Al menos Mitch estaba arriba. O lo estaba hasta que una tromba de agua los empujó de pronto, volteándolos. Mitch quedó sumergido bajo Parker.

¡Dios santo!

Becca vio que luchaba por liberarse, por tomar aire. Pero Parker era mucho más grande que él. Y no se estaba desangrando como Mitch.

Becca corrió hacia ellos, chapoteando y tropezando en el agua. Se detuvo solo un instante para agarrar una piedra lo bastante grande para hacer daño a Casey Parker cuando lo golpeara en la cabeza. Pero el agua seguía creciendo y, antes de llegar junto a ellos, Becca perdió el equilibrio. Mientras luchaba por hacer pie, Parker también se hundió y ambos hombres desaparecieron corriente abajo.

Becca consiguió arrastrarse hasta la orilla. Agotada y jadeante, esquivó por poco un tronco que arrastraba el agua. Salió penosamente del río y corrió hacia la camioneta con las botas llenas de agua. Encendió el motor y avanzó siguiendo la curva que describía el arroyo y escudriñando el agua turbulenta en busca de Mitch.

Mitch había empezado a temer que aquella fuera su última batalla.

Pero, bajo el agua, la ventaja volvía a ser suya. Era un SEAL. En el agua se sentía en su elemento. Y Parker, a juzgar por sus aspavientos, apenas sabía nadar.

Se dejó llevar por la fuerza del río, aprovechándose de ella en lugar de resistirse. Notó que Parker se había quedado sin aire. Supo por cómo se convulsionaba que, o lo llevaba pronto a la superficie, o moriría.

No fue fácil arrastrarlo fuera de la corriente y sacarlo a la orilla pedregosa. Y el agua seguía creciendo. Tuvo que arrastrarlo más arriba, lejos del arroyo.

Parker respiraba aún, pero por suerte seguía inconsciente. Mitch no estaba seguro de tener fuerzas para seguir luchando.

—¡Mitch!

Al volverse vio a Becca corriendo hacia él. Su dulce Becca. Con los ojos de un ángel.

—¡Gracias a Dios! ¡Gracias a Dios! —ella bajó por el barranco—. ¿Dónde te ha dado?

—Solo en el brazo. No es más que un rasguño —Dios, qué frío tenía.

Ella estaba furiosa.

—¡Solo un...! ¡Mitch, esto no es solo un rasguño!

Había perdido mucha sangre. Eso explicaba su frío.

—Estoy bien —le dijo—. Lo he recordado, Bec. Soy un SEAL. Un SEAL de la Armada. Parker tiene plutonio robado en una laboratorio militar. Llevo meses trabajando en una operación encubierta, intentando localizar el plutonio. ¡Soy de los buenos!

Ella se quitó la camiseta y la utilizó para hacer un torniquete alrededor de su brazo.

—¿Puedes llegar a la camioneta? —preguntó. Su voz parecía llegar desde muy lejos.

Quizás, en efecto, había perdido mucha sangre. Mitch se incorporó y se esforzó por mantenerse en pie, a pesar de que empezaba a nublársele la vista.

—¿Y Parker?

Becca le dijo de un modo muy poco propio de una dama lo que podía hacer Parker en su opinión.

—El sheriff puede venir a por él.

Mitch sacudió la cabeza.

—No. Hace mucho tiempo que voy tras él. Saca la llave de su bolsillo, Bec. Por lo menos deja que lo ate.

Vio en sus ojos que ella tenía miedo.

—Una cuerda —dijo—. Por favor. Llevo meses detrás de ese tipo. No puedo arriesgarme a perderlo ahora.

—Y yo no puedo arriesgarme a perderte a ti —contestó ella con vehemencia—. Te quiero, Mitch. Si mueres...

—No voy a morir.

—¿Me lo prometes?

En su oficio, traía mala suerte hacer ese tipo de promesas. En su oficio, era difícil mantener cualquier promesa. Pero en ese momento Mitch le habría prometido cualquier cosa.

—Cásate conmigo, Becca.

Ella se levantó, sorprendida.

—Voy a por esa cuerda.

Desapareció de su campo de visión, cada vez más estrecho, y Mitch se quedó flotando (no supo cuánto tiempo, seguramente solo unos segundos) hasta que regresó. Mientras la miraba, ella ató a Parker con nudos que habrían sido la envidia de cualquier marinero y le registró los bolsillos en busca de la llave. Cuando la encontró, la levantó para que Mitch la viera y se la guardó en el bolsillo de los vaqueros.

Después se acercó a él, lo ayudó a incorporarse y lo llevó casi a cuestas a la camioneta.

Empezaba a dolerle el brazo y la cabeza le daba vueltas cuando Becca consiguió meterlo en la cabina casi a empujones. Sintió que le abrochaba el cinturón de seguridad.

Y entonces se pusieron en marcha y avanzaron a toda velocidad por el terreno pedregoso. Mitch tenía la vista cada vez más nublada. Su mundo se había vuelto de diversos tonos de gris.

—Quédate conmigo, Mitch —dijo Becca con voz crispada—. Háblame. Dime lo que recuerdas. ¿Te acuerdas de todo? ¿De tu infancia? ¿De tu primer beso? ¿De tu baile de promoción? ¿De dónde pasaste las últimas vacaciones?

—No sé —respondió—. Creo que sí, pero...

—Cuéntame qué son los SEALs.

—Somos buenos en el agua —Dios, le costaba tanto hablar...—. Salimos mucho por ahí. Estamos siempre fuera, en misiones. Hacemos cosas de las que no podría hablarte. Nos marchamos enseguida otra vez. Como amigo, no estoy seguro de que pueda recomendarte que te cases conmigo.

Ella se rio.

—Pero ¿vuelves? —preguntó.

—Siempre —contestó Mitch—. Por ti volvería no solo del infierno, sino también del paraíso.

—Voy a tomarte la palabra. ¡Maldita sea, no cierres los ojos! —estaba llorando. Mitch no había pretendido hacerla llorar—. Ya casi hemos llegado, Mitch. Voy a decirle al sheriff que pida un helicóptero medicalizado para que te lleve a Santa Fe.

—El almirante Jake Robinson —logró decir Mitch—. Llámalo de mi parte.

—El almirante Jake Robinson —repitió ella.

—Está...

—Lo encontraré —prometió Becca.

—Y no te olvides...

—¿De Parker? —concluyó ella—. No me olvidaré de él.

—De que te quiero —dijo Mitch.

Su risa sonó como un sollozo.

Luego, Mitch oyó gritos. La voz de Becca pidiendo socorro a gritos. Hazel, un chillido. La voz grave del sheriff.

Y Mitch se sumió en la oscuridad.

Becca se pasó los dedos por el pelo, intentando domeñar sus rizos, mientras avanzaba deprisa por el pasillo del hospital.

No había sitio para ella en el helicóptero medicalizado y había tenido que hacer en coche la mitad del camino hasta Santa Fe. Había dejado al sheriff en el camino del rancho, con Casey Parker bajo custodia, se había quitado la ropa empapada y manchada de sangre, había agarrado su teléfono móvil y se había ido a la ciudad.

Había contactado con el almirante Robinson al primer intento. Había llamado al Pentágono: parecía el sitio más lógico para buscar a un almirante de la Armada. La habían dejado en espera al decir que quería hablar con Robinson, y otra vez cuando le dijo al joven pero eficaz ayudante que se puso al teléfono que llamaba en nombre de Mitch. Diez segundos después, se puso otro hombre. Becca había hablado con él cerca de un minuto cuando se dio cuenta de que era el almirante. Le había resumido lo sucedido: que Mitch había perdido por completo la memoria tras recibir un disparo en la cabeza. Que había intentado averiguar quién era. Y que esa mañana se había tropezado con el verdadero Casey Parker. Le había contado que Mitch probablemente había llegado ya al hospital de Santa Fe y que ella iba también para allá en su camioneta. Le había dicho que lo sentía, pero que no podía seguir hablando: tenía que llamar al hospital para asegurarse de que Mitch estaba bien. El almirante le había preguntado de qué color era su camioneta y qué ruta estaba siguiendo. Le había dicho que estuviera atenta al cielo, que mandaría un helicóptero de la Fuerza Aérea a recogerla lo antes posible.

El helicóptero había aterrizado en medio de la carretera. Ella había cerrado su camioneta y había llegado a Santa Fe en cuestión de minutos.

La enfermera de urgencias no le había dado ningún dato sobre el estado de Mitch por teléfono y Becca iba corriendo cuando llegó a su habitación y...

Se paró en seco.

La rubia más bella que había visto nunca estaba sentada al borde de la cama de Mitch, sosteniéndole la mano. La rubia más bella que había visto nunca, embarazada de nueve meses.

Oh, Dios.

Empezó a retroceder, intentando salir sin hacer ruido, pero tropezó con un hombre.

—Hola —también era rubio, aunque su pelo parecía más bien descolorido por el sol, y era casi tan guapo como la mujer. Era uno de los hombres que habían montado guardia en la furgoneta, frente a la estación de autobuses de Wyatt City—. ¿Tú eres Becca Keyes, la amiga de Mitch?

La amiga de Mitch. Asintió con la cabeza, incapaz de hablar. Al parecer, la proposición de matrimonio de Mitch había sido un tanto apresurada. Por lo visto no lo recordaba todo.

El hombre le tendió la mano.

—Teniente Luke O'Donlon, de la Brigada Alfa. Mis amigos me llaman Lucky porque tengo mucha suerte. Aunque puede que ahora tenga que cambiar de apodo, teniendo en cuenta el infierno que han sido estas semanas, el hecho de que no sea mi cama junto a la que está sentada

Zoe Robinson y la injusticia añadida de no haberte conocido antes.

La empujó hacia la puerta de la habitación.

—Vamos. Tenemos órdenes estrictas de hacerte entrar nada más verte.

—Pero...

¿Zoe Robinson?

—La señorita Rebecca Keyes —anunció Lucky en voz muy alta como si fuera un mayordomo inglés.

—Gracias, Jeeves —dijo Mitch con sorna. Estaba sonriendo a Becca desde la cama. Seguía estando pálido, pero tenía vendado el brazo y le habían puesto una vía.

Mientras Becca miraba, la rubia embarazada se apartó elegantemente de la cama y cruzó la habitación para situarse junto a un hombre uniformado que no podía ser otro que el almirante Robinson.

Becca dejó de mirar a los demás y se concentró en Mitch. Se acercó a la cama.

—¿Estás bien?

Él le tendió la mano y ella se la tomó. Mitch tiró de ella para que se sentara y la rodeó con el brazo bueno.

—Me ha hecho falta una transfusión —dijo—. Después me he sentido mucho mejor.

—Intentó convencerme de que lo llevara otra vez al rancho —dijo el almirante—. Soy Jake Ro...

—Las presentaciones, luego —lo interrumpió su mujer—. Todo el mundo fuera.

Mitch tocó el pelo de Becca y ella comprendió por su mirada que estaba esperando a que se cerrara la puerta para besarla.

Pero ella no quería esperar. Lo besó con dulzura al principio y luego con pasión. Cuando se retiró, él estaba jadeando.

—Tengo que quedarme a pasar la noche aquí —le dijo como si fuera una tragedia.

—Puedo esperar —respondió Becca—. Se me da bien esperar.

No se refería a una sola noche, y él lo sabía.

—Hay cosas que tienes que saber sobre mí —dijo Mitch—. No fue justo por mi parte pedirte que te casaras conmigo antes de...

—Sé lo que necesito saber —le apartó el pelo de la cara—. Me quieres y te quiero. Todo lo demás es irrelevante —se rio—. Nunca pensé que acabaría casándome, pero... —se encogió de hombros—. Eso fue antes de conocerte y descubrir que el verdadero amor no es un mito.

Él sonrió, pero su sonrisa se borró rápidamente.

—No quiero hacerte desgraciada —dijo, muy serio.

—Bien —repuso ella—. Porque me haría muy desgraciada no casarme contigo. ¿Sabes?, cuando he entrado y he visto a... ¿Cómo se llama? ¿Zoe? He pensado que era tu mujer.

Mitch sacudió la cabeza.

—Ya te dije que sabía que no estaba casado.

—Sí, pero también me dijiste que eras un criminal y que habías estado en la cárcel y...

—He estado en la cárcel —sonrió al ver su expresión—. Formaba parte de la operación. Intentaba acercarme al hermano del líder de un grupo paramilitar. Estuve en chirona casi un mes —su sonrisa se disipó de nuevo—. Verás, es a cosas así a lo que me dedico.

—Piensa en lo divertido que habría sido saber que yo estaría allí, esperándote, cuando salieras —dijo ella.

Mitch se rio.

—No sé si «divertido» es la palabra más adecuada.

—Sí —dijo ella—, lo es. Le dio un beso para demostrárselo—. Podemos hacer que esto funcione —murmuró—. Sé que podemos. Yo tengo todo el tiempo del mundo. ¿Y tú?

Mitch se dio por vencido y la besó. Valía la pena intentarlo, eso estaba claro. Porque la quería y ella lo quería a él. Y porque, como ella misma decía, todo lo demás era irrelevante.

Últimos títulos publicados en Top Novel

La isla de las flores / Sueños hechos realidad – NORA ROBERTS
Juegos de seducción – ANNE STUART
Cambio de estación – DEBBIE MACOMBER
La protegida del marqués – KASEY MICHAELS
Un lugar en el valle – ROBYN CARR
Los O'Hurley – NORA ROBERTS
La mejor elección – DEBBIE MACOMBER
En nombre de la venganza – ANNE STUART
Tras la colina – ROBYN CARR
Espíritu salvaje – HEATHER GRAHAM
A la orilla del río – ROBYN CARR
Secretos de una dama – CANDACE CAMP
Desafiando las normas – SUZANNE BROCKMANN
La promesa – BRENDA JOYCE
Vuelta a casa – LINDA LAEL MILLER
Noelle – DIANA PALMER
A este lado del paraíso – ROBYN CARR
Tras la puerta del deseo – ANNE STUART
Emociones secuestradas – LORI FOSTER
Secretos de un caballero – CANDACE CAMP
Nubes de otoño – DEBBIE MACOMBER
La dama errante – KASEY MICHAELS
Secretos y amenazas – DIANA PALMER
Palabras en el alma – NORA ROBERTS
Brisas de noviembre – ROBYN CARR
El precio del honor – ROSEMARY ROGERS

www.ingramcontent.com/pod-product-compliance
Lightning Source LLC
LaVergne TN
LVHW030343070526
838199LV00067B/6417